Primeira pessoa do singular

Haruki Murakami

Primeira pessoa do singular

tradução
Rita Kohl

1ª reimpressão

Copyright © 2020 by Haruki Murakami

Grafia atualizada segundo o Acordo Ortográfico da Língua Portuguesa de 1990, que entrou em vigor no Brasil em 2009.

Título original
Ichininsho Tansu
(First Person Singular)

Capa
Alceu Chiesorin Nunes

Imagem de capa
My Tatoo, de Lee Heinen, 2020, óleo sobre tela, 16 × 16 cm.
Reprodução: Bridgeman Images/ Easypix Brasil.

Preparação
Diogo Henriques

Revisão
Erika Nogueira Vieira
Thiago Passos

Dados Internacionais de Catalogação na Publicação (CIP)
(Câmara Brasileira do Livro, SP, Brasil)

> Murakami, Haruki
> Primeira pessoa do singular / Haruki Murakami ; tradução Rita Kohl. — 1ª ed. — Rio de Janeiro : Alfaguara, 2023.
>
> Título original : Ichininsho Tansu.
> ISBN 978-85-5652-167-5
>
> 1. Ficção japonesa I. Título.

23-144009   CDD-895.63

Índice para catálogo sistemático:
1. Ficção : Literatura japonesa   895.63
Eliane de Freitas Leite – Bibliotecária – CRB 8/8415

Todos os direitos desta edição reservados à
EDITORA SCHWARCZ S.A.
Praça Floriano, 19, sala 3001 — Cinelândia
20031-050 — Rio de Janeiro — RJ
Telefone: (21) 3993-7510
www.companhiadasletras.com.br
www.blogdacompanhia.com.br
facebook.com/editora.alfaguara
instagram.com/editora_alfaguara
twitter.com/alfaguara_br

Sumário

Sobre um travesseiro de pedra	7
Nata	21
Charlie Parker Plays Bossa Nova	39
With the Beatles	53
Coletânea de poemas Yakult Swallows	89
Carnaval	107
A confissão do macaco de Shinagawa	131
Primeira pessoa do singular	153

Sobre um travesseiro de pedra

Eu gostaria de contar aqui sobre certa mulher. No entanto, tenho tão poucas informações sobre ela que poderia dizer que não sei absolutamente nada a seu respeito. Não me lembro sequer de seu nome ou de seu rosto. É provável que ela também não se lembre dos meus.

Eu a conheci quando estava no segundo ano da faculdade e ainda não tinha nem vinte anos, e acho que ela devia ter uns vinte e cinco. Nós dois trabalhávamos no mesmo lugar, na mesma época. E, por acaso, passamos uma noite juntos. Depois disso, nunca mais nos vimos.

Aos dezenove anos, eu sabia muito pouco sobre o funcionamento do meu coração, e naturalmente também não entendia quase nada sobre como funcionavam os corações dos outros. Eu acreditava compreender, pelo menos, o que era a alegria e a tristeza. Só que não conseguia distinguir direito os vários fenômenos que existem entre essas duas coisas, nem, digamos, a relação espacial entre elas. E às vezes isso me dava uma aflição muito grande, uma sensação de impotência.

Apesar disso, quero contar sobre essa mulher.

O que sei sobre ela: que escrevia poemas *tanka* e tinha publicado uma coletânea. Quer dizer, era um folheto muito modesto, só um punhado de páginas impressas e uma capa simples, costuradas com linha. Não sei nem se daria para chamar de autopublicação. Mas, surpreendentemente, alguns dos poemas reunidos ali me impactaram. Quase todos tratavam do amor entre homens e mulheres, e da morte. Como se ela quisesse demonstrar que o amor e a morte se recusam obstinadamente a se separar ou a se afastar um do outro.

Eu e você
éramos assim
tão distantes?
Será que eu deveria
baldear em Júpiter?

Encostando o ouvido
sobre um travesseiro
de pedra
escuto a ausência, ausência
do sangue a correr

— Olha, você se incomoda se eu disser o nome de outro homem quando gozar? — perguntou ela. Estávamos nus, embaixo das cobertas.

— Não, não me incomodo — respondi. Eu não tinha muita certeza, mas supus que não me incomodaria com tão pouco. Era só um nome, afinal. Não é como se um nome mudasse alguma coisa.

— Talvez eu grite.

— Hum, isso talvez seja um problema — falei.

É que as paredes da velha quitinete de madeira onde eu morava eram frágeis como os biscoitos wafer da minha infância. Se ela gritasse o vizinho ao lado escutaria tudo, e já estava bem tarde.

— Tá, então nessa hora eu mordo uma toalha.

Fui até o banheiro, peguei a toalha mais limpa e apresentável que encontrei e a coloquei ao lado do travesseiro.

— Serve essa?

Ela mordeu a toalha algumas vezes, como um cavalo testando um freio novo. Depois assentiu com a cabeça: servia.

Foi um encontro completamente acidental. Eu não estava muito a fim dela, e ela tampouco estava muito a fim de mim (eu acho). Naquele inverno, nós trabalhamos por uns quinze dias no mesmo lugar, um restaurante italiano barato no bairro de Yotsuya, mas em áreas diferentes, então nunca tivemos oportunidade de conversar direito. Eu estava fazendo um bico lavando pratos e ajudando na cozinha, enquanto ela era garçonete no salão. Todos os funcionários de meio período lá eram estudantes, menos ela. Devia ser por isso que sempre tinha um ar meio alheio.

Quando ela decidiu deixar o emprego no meio de dezembro, alguns funcionários combinaram de ir beber num bar ali perto, depois do expediente. Fui convidado também. Não chegou a ser uma despedida propriamente dita, só passamos uma hora e pouco bebendo chope, comendo petiscos e conversando amenidades. Nesse dia, fiquei sabendo que antes do restaurante ela havia trabalhado em uma pequena imobiliária e como vendedora em uma livraria, coisas assim. Ela disse que em todos os empregos tinha se desentendido com os chefes ou gerentes. No restaurante italiano não tivera problemas com ninguém, mas o salário era baixo demais, não dava para pagar as contas, então infelizmente ela precisava sair e procurar outra coisa.

Alguém perguntou com o que ela queria trabalhar.

— Qualquer coisa, não importa — respondeu ela, coçando a lateral do nariz com um dedo (ela tinha duas pequenas pintas ao lado do nariz, alinhadas como uma constelação). — Sei que de qualquer jeito não vou conseguir nada muito bom.

Eu morava em Asagaya naquela época, e a casa dela ficava em Koganei. Então, saindo da estação de Yotsuya, pegamos o mesmo trem rápido da linha Chuo. Nos sentamos lado a lado. Já passava das onze horas. Era uma noite fria, com um vento forte de inverno. Sem que eu percebesse, havia chegado a época do ano em que era preciso sair de luvas e cachecol. Quando o trem se aproximava de Asagaya e me levantei para descer, ela ergueu o rosto para mim e disse, baixinho:

— Escuta, será que posso dormir na sua casa hoje?

— Pode, mas por quê?

— Koganei é muito longe.

— Meu apartamento é minúsculo e está uma bagunça...

— Não tem problema — disse ela, e enlaçou o braço no meu, por cima do casaco.

Chegamos ao meu apartamento apertado e pobre e tomamos umas latas de cerveja. Depois de terminar devagar sua bebida, ela começou a tirar a roupa na minha frente como se fosse a coisa mais natural do mundo, ficou completamente nua e se deitou embaixo do edredom. Em seguida eu também me despi e entrei sob a coberta. Apaguei a luz, mas o quarto continuou iluminado pelo fogo do aquecedor a gás. Na cama, desajeitados, aquecemos os corpos um do outro. Por algum tempo, nenhum de nós disse nada. Nus, assim de repente, não sabíamos o que dizer. Mas sentimos na pele, literalmente, conforme os corpos foram se aquecendo e a rigidez foi se desfazendo, devagar. Era uma sensação estranhamente íntima.

Foi nessa hora que ela disse:

— Olha, você se incomoda se eu disser o nome de outro homem quando gozar?

— Você gosta desse cara? — perguntei, depois de providenciar a toalha.

— Gosto. Muito — ela respondeu. — Demais, demais. Ele não sai da minha cabeça. Mas ele não gosta muito de mim. E namora com outra pessoa, também.

— E você sai com ele?

— Saio. Ele me chama quando quer meu corpo — disse ela. — Que nem quem pede um delivery.

Eu fiquei quieto porque não sabia o que dizer. Ela passou algum tempo desenhando uma figura nas minhas costas com os dedos. Ou, quem sabe, escrevendo em letra cursiva.

— Ele diz que sou feia, mas que meu corpo é demais.

Eu não a achava feia, mas tampouco diria que era uma beldade. Só que agora não consigo me lembrar concretamente do seu rosto para descrevê-lo em detalhes.

— E quando ele te chama, você vai?

— Vou, ué. Fazer o quê, se eu gosto dele? — respondeu ela, como se fosse óbvio. — Mesmo que ele fale essas coisas, tem horas que eu quero deitar com um homem.

Pensei um pouco sobre isso. Só que naquela época eu não sabia o que esse sentimento de "tem horas que eu quero deitar com um homem" significava, concretamente, para uma mulher. (Na verdade, acho que até hoje ainda não entendi muito bem.)

— Estar apaixonado por alguém é tipo sofrer de uma doença mental que o seguro-saúde não cobre — disse ela, no tom sem emoção de quem lê algo escrito na parede.

— Entendi — falei, admirado.

— Então, se você quiser, pode pensar que sou outra pessoa também, tá? — ela continuou. — Deve ter alguém que você gosta, né?

— Tem, sim.

— Pode falar o nome dela quando gozar. Não ligo para essas coisas.

No fim acabei não falando o nome dessa outra pessoa — uma mulher de quem eu gostava na época, mas com quem as circunstâncias me impediam de ter uma relação mais profunda. Até pensei em falar, mas no meio do caminho a ideia começou a me parecer idiota e acabei não dizendo nada, apenas ejaculei dentro dela. Ela, por outro lado, de fato quase gritou o nome do homem, e tive que enfiar às pressas a toalha entre os seus dentes. Eles pareciam muito sólidos. Do tipo que deixaria qualquer dentista impressionado. Não lembro mais qual foi o nome que ela começou a falar na hora, só sei que era bem comum, sem nenhuma originalidade. Lembro-me de ter ficado admirado que um nome tão trivial como aquele pudesse significar tanto para ela. Tem horas na vida em que um nome corriqueiro pode abalar profundamente o coração de uma pessoa.

No dia seguinte eu tinha que assistir a uma aula de manhã bem cedo e entregar um trabalho de meio de semestre, mas claro que acabei não fazendo nada disso (o que mais tarde me causou sérios problemas, mas isso é assunto para outra história). Nós só fomos acordar perto da hora do almoço; fervemos água para preparar um café instantâneo e comemos torradas. Eu tinha alguns ovos na geladeira, então os cozinhei. O céu estava límpido e sem nuvens, a luz da manhã era ofuscante e eu sentia muita preguiça.

Mordiscando sua torrada com manteiga, ela me perguntou o que eu estudava na faculdade. Eu disse que fazia letras.

Ela me perguntou se eu queria ser escritor.

Não particularmente, foi minha resposta sincera. Naquela época eu não tinha nenhuma intenção de me tornar escritor. A ideia nem me passava pela cabeça, apesar de muitos de meus colegas declararem seu desejo de escrever literatura. Ao ouvir essa resposta ela pareceu perder o interesse por mim. Não que até então seu interesse fosse grande, mas ainda assim.

Na luz brilhante da manhã era meio estranho ver as marcas nítidas dos seus dentes na toalha. Pelo jeito, ela a mordera com uma força considerável. Ela mesma parecia não combinar muito com o dia claro. Era difícil acreditar que a moça que eu tinha diante de mim, miúda, pálida e ossuda, era a mesma que havia estado nos meus braços na noite anterior, à luz da lua, soltando gemidos sensuais.

— Eu escrevo *tanka* — ela disse, do nada.

— *Tanka*?

— É. Você conhece, né?

— Claro. — Mesmo eu, que não sabia quase nada sobre o mundo, sabia o que era um poema *tanka*. — Mas essa é a primeira vez que conheço alguém que escreve esse tipo de poesia.

Ela riu.

— Pois é, mas essas pessoas existem.

— Você faz parte de um clube ou coisa assim?

— Não, nada disso — ela respondeu. E encolheu de leve os ombros. — Dá pra escrever *tanka* sozinho. Não é tipo jogar basquete.

— Que tipo de *tanka*?

— Quer ouvir?

Fiz que sim com a cabeça.

— Quer mesmo? Não está dizendo isso só por educação?

— Quero — respondi.

Não era mentira. Eu queria mesmo saber como eram os poemas daquela mulher que, apenas poucas horas antes, ofegava nos meus braços e gritava por outro homem.

Depois de hesitar um pouco, ela disse:

— Não consigo declamar agora, fico com vergonha. De manhã, assim... Mas publiquei uma espécie de coletânea, então se quiser mesmo ler posso te mandar depois. Me diz seu nome e endereço.

Escrevi num pedaço de papel e entreguei a ela. Ela olhou o papel, dobrou em quatro e guardou no bolso do sobretudo. Era um casaco verde-claro, bastante puído. Na gola redonda havia um broche prateado na forma de um lírio-do-vale. Lembro que ele reluziu sob o sol que entrava pela janela voltada para o sul. Não entendo nada de flores, mas sempre gostei de lírios-do-vale.

— Obrigada por me deixar passar a noite aqui. Eu realmente não queria voltar sozinha até Koganei — disse ela, ao sair do apartamento. — Mulheres às vezes têm dessas coisas.

Naquele momento nós dois sabíamos que provavelmente não voltaríamos a nos ver. Naquela noite, ela apenas não queria ir de trem sozinha até Koganei. Só isso.

Uma semana depois, a coletânea de poemas dela chegou pelo correio. Para falar a verdade, eu não tinha nenhuma expectativa de realmente recebê-la. Estava certo de que, ao chegar em casa em Koganei, ela já teria esquecido minha existência (ou estaria desejando esquecê-la o mais rápido possível), e que de qualquer maneira jamais se daria o trabalho de colocar a coletânea em um envelope, escrever nele meu nome e endereço, grudar um selo e depositá-lo em uma caixa de correio na rua — ou mesmo ir até uma agência! Assim, fiquei bastante surpreso quando vi o envelope na caixa de correspondência da minha quitinete certa manhã.

O título era *Sobre um travesseiro de pedra*, e o nome da autora constava apenas como "Chiho", escrito em hiragana. Eu nem tinha certeza se esse era seu nome real ou um pseudônimo.

Sem dúvida eu escutara seu nome muitas vezes no restaurante, mas não conseguia me lembrar dele de jeito nenhum. Só estava seguro de que não a chamavam de Chiho. No envelope pardo e burocrático não constava nem o nome nem o endereço do remetente, e dentro dele não encontrei nenhum cartão ou bilhete. Apenas a coletânea fininha, costurada com linha branca, calada ali dentro. Não era uma edição malfeita, de mimeógrafo — o texto estava bem impresso e o papel era grosso, de qualidade. A autora devia ter feito cada um dos livros, organizando as páginas impressas na sequência, acrescentando a capa de cartolina e costurando à mão, cuidadosamente, para economizar nos custos de encadernação. Tentei imaginá-la sozinha, quieta, fazendo esse trabalho repetitivo (não consegui imaginar muito bem). Na primeira página havia um carimbo com o número 28. Devia ser o 28º exemplar de uma série limitada. Quantos ela teria feito, no total? Também não havia indicação de preço. Talvez na verdade não houvesse mesmo preço nenhum.

Não abri a coletânea na hora. Deixei-a por algum tempo largada em cima da mesa, e às vezes dava uma olhada na capa. Não é que não estivesse curioso; apenas sentia que, para ler a coletânea de poemas de alguém — sobretudo alguém com quem eu tinha dormido uma semana antes —, era necessário certo preparo psicológico. Uma espécie de etiqueta, talvez. Foi só num fim de tarde daquele final de semana que abri as páginas da coletânea e, sentado com as costas contra a janela, a li sob a luz do entardecer de inverno. A brochura reunia quarenta e dois poemas. Um por página. Não eram muitos, sem dúvida. Não havia introdução nem posfácio, tampouco data de publicação. Apenas uma sucessão de poemas, impressos em letras negras e nítidas sobre o papel branco e cercados por grandes espaços vazios.

É claro que eu não esperava encontrar ali uma grande obra literária. Como já disse, tinha apenas uma curiosidade pessoal. Queria saber que tipo de poemas escreveria aquela mulher que gritara no meu ouvido o nome de outro homem, com uma toalha entre os dentes. Mas, ao ler a coletânea, me senti impactado por vários dos poemas.

Eu não sabia praticamente nada sobre *tanka* (aliás, continuo não sabendo). Então não sei avaliar, nesse tipo de poema, o que é considerado bom e o que não é, e não poderia fazer uma crítica objetiva. Mas, independente desses padrões de qualidade, vários dos poemas que ela escreveu — mais precisamente, oito — tocaram fundo meu coração.

Por exemplo, estes:

O momento presente
se agora
é a hora
só nos resta fazer dele
o inescapável agora

Decapitada
pelo vento da montanha
muda aos pés
das hortênsias
nas águas de junho

O estranho é que, ao abrir as páginas da coletânea, acompanhar com os olhos os poemas impressos em grandes letras negras e depois lê-los em voz alta, pude rever no fundo da mente o corpo dela, como vira naquela noite. Não a figura discreta na luz matinal do dia seguinte, mas o corpo dentro dos meus braços, a pele viçosa iluminada pela luz da lua. Os seios redondos e bem desenhados, os pequenos mamilos duros, os poucos pelos púbicos negros, a vagina intensamente molhada. O momento em que ela alcançou o orgasmo, fechou os olhos com os dentes cravados na toalha e chamou com tristeza ao meu ouvido, de novo e de novo, o nome de outro homem. O nome comum, do qual já não me recordo, de um homem qualquer.

Mesmo pensando
que não nos veremos mais
não creio que
seja possível
não voltar a vê-lo

Voltarei a encontrá-lo?
Ou tudo vai se acabar
assim sem mais?
Atraída pela luz
pisoteada pelas sombras

Não sei, é claro, se ela continua escrevendo *tanka* até hoje. Como já disse, não sei como ela se chama e quase não me recordo do seu rosto. Tudo de que me lembro é do nome — "Chiho" — impresso na capa da coletânea, do seu corpo úmido, macio e indefeso sob o luar branco de inverno que entrava pela janela, e das duas pequenas pintas formando uma pequena constelação ao lado do nariz.

Às vezes penso que talvez ela não esteja mais viva. Não consigo deixar de sentir que ela pode ter interrompido a própria vida em algum momento. Pois é inegável que muitos de seus poemas — pelo menos, boa parte dos que estão na coletânea — buscam a imagem da morte. Em particular, a imagem de uma lâmina cortando um pescoço. Talvez, para ela, fosse esta a forma que a morte assumia.

Velado pela chuva
que perdura
por toda a tarde
um machado sem nome
degola o crepúsculo

Mas, seja como for, parte de mim torce para que ela ainda esteja em algum lugar deste mundo. De vez em quando me pego pensando: tomara que ela tenha sobrevivido e que continue escrevendo *tanka* até hoje. Por que será? Por que penso essas coisas, se não há absolutamente nada de concreto que conecte minha existência e a dela neste mundo? Se, mesmo que nos cruzássemos em alguma rua, mesmo que nos sentássemos lado a lado em algum restaurante, talvez sequer reparássemos um no outro? Como duas linhas retas que se cruzam, nos encontramos uma única vez e seguimos em direções diferentes.

Desde então, já se passou muito tempo. As pessoas envelhecem num piscar de olhos, o que me parece muito estranho (mas talvez não seja tão estranho assim). A cada instante os nossos corpos se aproximam mais da extinção, num processo sem volta. Se fecho os olhos por um momento e volto a abri--los, sei que muitas coisas desapareceram nesse meio-tempo, todas elas — as que têm nome definido e as que não têm — varridas pelo vento forte da madrugada, sem deixar vestígio. Tudo que resta são pequenas memórias. Não, as memórias também não são tão confiáveis. Quem poderia afirmar, com convicção, o que de fato aconteceu conosco?

No entanto, se você for agraciado pela sorte, acontece de algumas palavras permanecerem ao seu lado. Durante a madrugada, elas sobem até o alto de um morro, se entranham em pequenos buracos com o tamanho exato de seus corpos e, escondidas dessa forma, evadem a ventania violenta do tempo. E então, quando chega a alvorada e o vento forte cessa, essas palavras sobreviventes botam discretamente a cara para fora da terra. Falam baixo, são tímidas, e muitas vezes só dispõem de meios de expressão ambíguos. Ainda assim, estão preparadas para servir como testemunhas. Sinceras e imparciais. Só que, para obter essas palavras perseverantes, para encontrá-las e guardá-las para o futuro, às vezes é preciso ofertar o próprio corpo ou o próprio espírito, incondicionalmente. Sim, é preciso pousar a cabeça sobre um frio travesseiro de pedra, brilhante sob o luar do inverno, e expor o próprio pescoço.

É possível que não haja mais ninguém neste mundo além de mim que se lembre dos poemas compostos por essa mulher. Muito menos alguém que tenha memorizado alguns deles. Talvez essa pequena coletânea caseira, costurada com linha, já tenha sido esquecida por completo, todos os outros exemplares, exceto o de número vinte e oito, já tenham se perdido e desaparecido, tragados pelas trevas entre Júpiter e Saturno. Talvez nem mesmo ela (caso esteja viva) se recorde dos poemas que compunha quando jovem. É possível que eu mesmo só me lembre tão bem desses poemas pelo fato de estarem conectados à minha memória da marca de dentes na toalha aquela noite. Não sei dizer qual o significado ou o valor de tudo isso ter ficado na minha memória, e de vez ou outra ainda tirar da gaveta a coletânea amarelada e reler suas páginas. Sinceramente, não faço ideia.

Entretanto, seja como for, o fato é que essas coisas permaneceram comigo. Todas as outras palavras e memórias viraram pó e sumiram.

Cortar
e ser cortado
pouse a nuca
no travesseiro de pedra
e veja: tudo vira pó

Nata

Estou contando a um amigo mais jovem sobre algo curioso que me aconteceu quando eu tinha dezoito anos. Não lembro direito por que entrei nesse assunto, ele surgiu por acaso durante a conversa. Seja como for, meus dezoito anos ficam num passado bem distante. Praticamente história antiga. E, para completar, o caso que estou contando não tem nenhuma conclusão decente.

— Eu já tinha terminado o ensino médio, mas ainda não havia entrado na faculdade. Era o que se chama de *ronin*, um desses estudantes que não passaram no vestibular e estão esperando para tentar de novo — expliquei. — Eu me sentia um pouco perdido, mas não diria que estava num grande aperto. Sabia que, se tentasse, não teria grande dificuldade para entrar numa faculdade particular razoável. Só que meus pais insistiram para eu tentar uma federal, então prestei o vestibular, mesmo sabendo que não ia dar certo. E, como esperava, não passei. Naquele tempo a matemática era uma disciplina obrigatória nos exames das federais, e meu interesse em cálculo integral e nesse tipo de coisa era nulo. Então passei um ano à toa, praticamente só buscando álibis. Não fiz nenhum cursinho, só ia para a biblioteca, onde ficava lendo romances intermináveis enquanto meus pais provavelmente pensavam que eu estava me matando de estudar. Mas não tinha jeito — era muito mais divertido ler as obras completas de Balzac do que tentar compreender os princípios do cálculo infinitesimal.

* * *

No começo de outubro daquele ano, recebi um convite para um recital de piano de uma menina. Ela era um ano mais nova que eu e tínhamos feito aulas com a mesma professora quando mais novos. Em uma única ocasião, tocamos juntos uma pequena peça de Mozart a quatro mãos. Mas parei de fazer aulas de piano aos dezesseis anos e depois disso nunca mais a vi. Então por que ela tinha me enviado um convite para esse evento? Eu não sabia dizer. Será que nutria algum interesse por mim? Não era possível. Ela não fazia o meu tipo, mas era bonita, sempre com roupas novas e elegantes, e frequentava uma escola cara só para meninas. Com certeza não daria atenção para um rapaz comum e sem graça como eu.

Durante os ensaios do dueto, ela fazia cara feia sempre que eu errava alguma coisa. Eu tocava pior do que ela e tinha uma tendência a ficar nervoso, então errava ainda mais quando estava sentado a seu lado. Às vezes batia meu cotovelo no dela. Isso porque não era uma peça difícil e eu tinha ficado com a parte mais fácil. Quando nossos cotovelos se chocavam, eu via uma expressão exasperada passar pelo seu rosto. Ela chegava até a estalar a língua baixinho, mas alto o suficiente para que eu ouvisse. Até hoje me lembro desse som. Talvez tenha sido um dos motivos pelos quais decidi largar o piano.

Seja como for, nossa relação era apenas a de dois alunos que, por acaso, frequentavam a mesma escola de piano. Nos cumprimentávamos ao nos cruzar, mas não tenho memória de jamais ter tido alguma conversa mais pessoal com ela. Então fiquei muito surpreso — desorientado, até — ao receber um convite para o recital (que não era só dela, mas uma apresentação conjunta de três pessoas). Só que naquele ano eu tinha tempo de sobra, então mesmo confuso enviei de volta o cartão confirmando minha presença. Em parte porque queria saber o motivo — se é que havia algum — para, tanto tempo depois, ser convidado. Quem sabe ela queria me mostrar que tocava ainda melhor agora. Ou tinha alguma coisa para me contar, algo pessoal. Enfim, acho que a verdade é que naquela época eu estava no processo de aprender a lidar corretamente com a curiosidade, aos trancos e barrancos.

A sala onde o recital seria realizado ficava no alto de uma montanha em Kobe. Para chegar lá era preciso descer em uma estação da linha Hankyu, pegar um ônibus que subia por ladeiras íngremes e sinuosas, descer quase no topo da montanha e caminhar mais um pouco até a pequena sala, que era administrada por uma empresa do ramo financeiro. Eu não sabia que havia uma sala de concertos nesse lugar tão inacessível — uma área residencial rica e sossegada nas montanhas. Mas sem dúvida o mundo era repleto de coisas sobre as quais eu nada sabia.

Achei que seria deselegante chegar de mãos vazias, então parei na floricultura em frente à estação, comprei um buquê de flores aleatórias e em seguida entrei no ônibus, que estava passando bem naquela hora. Era uma tarde de domingo, nublada e fria. O céu estava coberto por nuvens densas e cinzentas, e uma chuva gelada parecia prestes a cair. Eu vestia um suéter fino e liso por baixo de um blazer com padrão de espinha de peixe cinza e azul, e levava uma bolsa de lona cruzada sobre o peito. O blazer era novo demais; a bolsa, velha demais. Em uma das mãos eu carregava o chamativo buquê de flores vermelhas, envolto em celofane. Quando entrei no ônibus, os outros passageiros me examinaram de canto de olho. Ou pelo menos eu tive a impressão de que me examinavam. Senti o rosto corar. Naquela época eu corava por qualquer coisa, e o rubor demorava a desaparecer.

O que estou fazendo aqui?, me perguntei, sentado no banco do ônibus, com os ombros curvados, tentando refrescar com a mão as bochechas afogueadas. Por que tinha inventado de subir uma montanha numa tarde de domingo com cara de chuva em novembro para ir a um recital que eu nem queria muito ver, de uma menina que eu nem queria muito encontrar? E ainda gastado minha mesada para comprar flores? Eu não devia estar batendo muito bem quando depositei na caixa de correio o postal confirmando minha presença.

A quantidade de passageiros foi diminuindo conforme o ônibus subia, até que, ao chegar ao meu ponto, só havíamos eu e o motorista dentro do veículo. Desembarquei e fui a pé pelas ladeiras intermináveis, seguindo as indicações do convite. A cada esquina que eu virava, a paisagem do porto aparecia e desaparecia lá embaixo. Dava para ver um monte de guindastes. O céu nublado tingia o mar de uma cor embotada, como se fosse forrado de chumbo, e os guindastes que se projetavam pareciam antenas de algum animal desajeitado saindo da água.

Conforme eu avançava pelas ladeiras, as casas ao redor ficavam cada vez maiores e mais luxuosas. Todas tinham muros de pedra, grandes portões e garagens para dois carros. Os arbustos de azaleia estavam impecavelmente podados. Ouvi um cachorro latir em algum lugar próximo. Ele latiu três vezes, bem alto, depois se calou de repente, como se tivesse sido repreendido.

Enquanto eu subia as ladeiras, guiado pelo endereço e pelo mapa simples que constavam no convite, começou a crescer dentro de mim um vago e mau pressentimento. Havia alguma coisa esquisita ali. Para começar, estava deserto demais. Eu não tinha cruzado com uma única pessoa depois de descer do ônibus. Dois automóveis passaram por mim, ambos carros particulares descendo a montanha. Se um recital estava prestes a começar, deveria haver mais gente por ali. Mas não havia ninguém. Tudo estava completamente quieto, como se as nuvens pesadas acima de mim tragassem todos os sons.

Será que eu tinha me enganado?

Tirei o convite do bolso do casaco e chequei mais uma vez a data e o local. Quem sabe eu tinha lido errado. Mas, por mais atentamente que eu olhasse, não encontrei erro nenhum. O nome da rua estava certo, o nome do ponto de ônibus estava certo, o dia também. Respirei fundo uma vez para me acalmar e recomecei a andar. O jeito era seguir até a sala de concerto.

Quando finalmente cheguei ao prédio, o grande portão duplo de ferro estava trancado. Havia uma grossa corrente enrolada nas portas de metal, presa por um enorme cadeado. Não havia vivalma ao redor. Pelas frestas do portão dava para ver um estacionamento espaçoso, mas sem nenhum carro. Parecia não ser usado havia muito tempo, pois o mato verde crescia pelas frestas do pavimento. Apesar disso, segundo a grande placa no portão, aquele era o lugar que eu procurava. Toquei a campainha junto à entrada, mas não apareceu ninguém. Esperei um pouco e toquei mais uma vez, também sem resposta. Chequei o relógio. Faltavam só quinze minutos para o começo do recital, mas nada indicava que o portão de ferro seria aberto em breve. A tinta que o cobria estava descascando e havia pontos de ferrugem. Toquei o interfone mais uma vez, segurando o botão por mais tempo do que antes, só porque não me ocorria nenhuma outra ação. Mas o resultado foi o mesmo — silêncio profundo.

Sem saber o que fazer, encostei no portão pesado e passei uns dez minutos ali, parado, com a leve esperança de que alguém aparecesse. Mas ninguém apareceu. Absolutamente nada se movia, nem do lado de dentro nem do lado de fora do portão. Não havia vento, nenhum pássaro cantava, nenhum cachorro latiu. As pesadas nuvens cinzentas continuavam a cobrir todo o céu acima de mim, sem deixar fresta alguma.

Então por fim desisti (o que mais poderia fazer?) e, arrastando os pés pesados, comecei a voltar por onde tinha vindo, rumo ao ponto de ônibus no qual havia acabado de desembarcar. A situação não fazia sentido algum, mas estava claro que não haveria nenhum recital de piano ali naquele dia. Só me restava voltar para casa, buquê vermelho nas mãos. Minha mãe certamente perguntaria o que era aquilo, e eu teria de dar uma resposta qualquer e desconversar. Minha vontade era simplesmente descartá-lo em algum lugar, mas ele tinha custado um pouco caro demais — para os meus padrões, é claro — para eu me desfazer dele assim.

Depois de descer por algum tempo, encontrei uma pequena praça ao lado da rua. Ela ficava no lado interior da montanha e tinha mais ou menos o tamanho do terreno de uma casa. O fundo terminava em um barranco suave. Na verdade, mal chegava a ser uma praça: não tinha bebedouro, nem brinquedos, nada disso. Apenas um pequeno e solitário gazebo construído no meio do terreno. Suas laterais eram fechadas por uma treliça diagonal na qual se enroscavam trepadeiras tímidas. Havia arbustos espalhados por toda a volta, e o chão era recoberto por pedras quadradas. Não sei qual era o propósito daquela praça, mas alguém parecia cuidar dela regularmente — as árvores e os arbustos estavam podados, o mato cortado, e não havia lixo no chão. Mas, ao subir a ladeira, eu nem tinha reparado nela.

Resolvi entrar na praça para organizar as ideias e me sentei num banco dentro do gazebo, junto à parede. Queria observar a situação por algum tempo (vai que as pessoas começavam a aparecer de repente). Mas, assim que me sentei, percebi que estava exausto. Era um cansaço um pouco estranho, como se eu estivesse cansado há dias e só agora tivesse percebido. Do gazebo tinha-se uma vista panorâmica do porto. Havia uma série de navios de carga atracados no cais. Vistos do alto, os contêineres retangulares de metal empilhados no embarcadouro pareciam caixinhas como as que há numa escrivaninha para guardar moedas e clipes.

Passado algum tempo, escutei uma voz ao longe. Não era uma voz natural, estava amplificada por um alto-falante. Eu não conseguia captar as palavras, mas percebia que a pessoa falava devagar e com clareza, pausando a cada frase, sem demonstrar emoção alguma — como se seu objetivo fosse comunicar alguma coisa muito importante da maneira mais direta possível. Me ocorreu que talvez fosse uma mensagem privada, destinada a mim e a mais ninguém. Que talvez alguém tivesse aparecido para me dizer onde é que eu tinha errado, o que eu tinha deixado escapar. Pensando bem, era uma ideia absurda, mas naquela hora me pareceu plausível. Prestei bastante atenção. Aos poucos a voz foi ficando mais alta e mais clara; devia ser um carro com um alto-falante no teto, subindo pela ladeira bem devagar, sem pressa alguma. Até que percebi que se tratava de uma pregação cristã.

"Todos morrem", dizia a voz sem emoção, quase sem mudar de tom. "A morte chegará para todos, cedo ou tarde. Não há neste mundo uma pessoa sequer que não vá morrer. Também não há ninguém que não vá enfrentar o julgamento após a morte. Depois de mortos, todos serão severamente julgados por seus pecados."

Sentado no banco, eu escutava a mensagem e me perguntava por que estariam pregando em um bairro residencial e deserto como aquele, no alto da montanha. Ali só moravam pessoas ricas, donas de vários automóveis. Elas não deviam estar muito preocupadas em ser salvas dos seus pecados. Ou será que estavam? Talvez bens materiais e status não tivessem tanto a ver com pecado e salvação.

"Porém, aqueles que buscarem a salvação de Nosso Senhor Jesus Cristo e se arrependerem de seus pecados serão perdoados. Escaparão das chamas do inferno. Por isso, tenham fé em Deus. Apenas quem acredita no Senhor será salvo e conquistará a vida eterna após a morte."

Fiquei esperando o carro da missão cristã aparecer na rua à minha frente e dar mais detalhes sobre o julgamento após a morte. Acho que queria ouvir alguém falando com convicção e força, o que quer que fosse. Mas o carro não apareceu. Pensei que a voz do alto-falante continuaria a se aproximar, mas uma hora ela começou a ficar mais baixa e indistinta, até que deixei de escutar qualquer coisa. O carro devia ter virado alguma esquina e seguido em outra direção. O fato de ter ido embora sem passar por mim me deixou com a sensação de ter sido abandonado pelo mundo.

Vai ver essa menina me pregou uma peça, pensei de repente. Essa ideia — ou intuição, melhor dizendo — brotou do nada na minha cabeça. Por algum motivo — apesar de não me ocorrer nenhum — ela me dera informações falsas para que eu me arrastasse até o alto daquela montanha num domingo à tarde. Quem sabe acontecera alguma coisa que a deixara ressentida ou zangada comigo. Ou quem sabe ela só me achava insuportável, sem nenhuma razão especial. Por isso decidira me enviar um convite para um recital inexistente e agora se divertia, em algum lugar, vendo como eu fora enganado (ou imaginando minha ridícula situação). Talvez estivesse gargalhando.

Mas será que alguém pregaria uma peça tão elaborada só por maldade? O simples ato de imprimir o postal com o convite falso já daria um trabalho considerável. Seria ela tão maldosa assim? Eu não me lembrava de ter feito nada para ela me odiar desse jeito. Mas às vezes, sem sequer nos darmos conta, somos capazes de ofender as pessoas, ferir seu orgulho e causar desagrado. Considerei essas possibilidades — rancores que *talvez fossem plausíveis*, mal-entendidos que *poderiam ter acontecido* —, mas nenhuma me pareceu convincente. Enquanto zanzava em vão por esse labirinto emocional, minha consciência foi perdendo de vista as referências. Quando dei por mim, não conseguia respirar direito.

Na época, esses sintomas me acometiam uma ou duas vezes por ano. Talvez fosse um tipo de hiperventilação por estresse. Algo me perturbava e, como resultado, minhas vias respiratórias se fechavam. Por mais que eu tentasse encher os pulmões, o ar não chegava. Em pânico, como alguém atingido por uma correnteza inesperada e começando a se afogar, eu não conseguia me mover direito. A única coisa que podia fazer era me agachar onde quer que estivesse, fechar os olhos e esperar resignado até meu corpo voltar ao normal. Acho que naquele período da adolescência eu estava lidando com coisas complicadas. Com a idade isso parou de acontecer (aliás, também parei de corar por qualquer coisa).

Sentado no banco do gazebo, fechei os olhos com força, encolhi o corpo e esperei o bloqueio passar. Isso pode ter demorado cinco minutos, ou quinze. Não tenho uma noção clara do tempo. Passei esses minutos observando as estranhas formas geométricas que surgiam no escuro e me esforçando para controlar a respiração, contando devagar. Meu coração se debatia com estardalhaço dentro da gaiola das costelas, como um rato assustado.

Quando recobrei os sentidos (demorei para perceber, porque estava muito concentrado na contagem), havia uma pessoa à minha frente. Senti o olhar de alguém cravado em mim. Entreabri os olhos, ressabiado, e ergui o rosto apenas ligeiramente. Ainda tinha o pulso acelerado.

Um velho senhor me encarava, sentado no banco oposto ao meu no gazebo. É difícil, para um adolescente, tentar adivinhar a idade de pessoas idosas. Todas parecem simplesmente velhas. Qual a diferença entre sessenta e setenta anos? Diferente de nós, elas *já não são jovens*. Só isso. Aquele era um senhor magro de estatura mediana, vestindo um cardigã de lã azul acinzentada, calças de veludo marrom e tênis azul-marinho. As peças não pareciam ser novas há muito tempo, mas não chegavam a ter um ar de indigência. Seus cabelos brancos eram grossos e duros, arrepiados em tufos acima das orelhas como as penas de um passarinho ao brincar na água. Ele não usava óculos. Não sei desde quando estava ali, mas tive a sensação de que me observava havia algum tempo.

A primeira coisa que me ocorreu ao me deparar com o velho foi que ele ia me perguntar se eu estava bem, porque eu devia ter dado a impressão de estar sofrendo (e estava, mesmo). Mas, contrariando minhas expectativas, ele não disse nada, não fez nenhuma pergunta, ficou apenas segurando com ambas as mãos o guarda-chuva preto bem fechado, como se fosse uma bengala. Era um objeto muito sólido, de cabo de madeira cor de caramelo. Num aperto, daria uma boa arma.

O homem devia morar ali perto, pois levava consigo apenas o guarda-chuva.

Continuei sentado recuperando o fôlego, e o velho continuou a me fitar em silêncio. Seu olhar estava grudado em mim, não se movia um milímetro. Era uma situação desconfortável (me senti como se tivesse invadido o jardim de alguém sem permissão), e eu gostaria, se fosse capaz, de me levantar o mais rápido possível e voltar para o ponto de ônibus. Mas, não sei por quê, não consegui fazer isso. Passamos algum tempo assim, até que de repente o velho começou a falar.

— Um círculo com vários centros, tá.

Levantei o rosto e o encarei. Nossos olhos se encontraram. Percebi que ele tinha uma testa muito grande e o nariz pontudo. Afiado como um bico de pássaro. Não consegui dizer nada, e o velho repetiu, calmamente:

— Um círculo com vários centros.

Não entendi o que ele queria dizer, é claro. Me perguntei se não seria o motorista do carro da missão cristã que passara um pouco antes. Talvez tivesse estacionado por ali e vindo descansar um pouco. Mas não, não podia ser. A voz era muito diferente. Quem falava no alto-falante era um homem mais jovem. Se bem que também poderia ser uma gravação...

— Um círculo? — perguntei, me sentindo obrigado a dizer algo. Era um senhor de idade falando comigo, eu não podia simplesmente ignorá-lo.

— É, um círculo que tem muitos centros diferentes, quer dizer, podem ser até infinitos. E para completar, ele não tem circunferência — disse o velho, as rugas da testa se aprofundando. — Você consegue imaginar um círculo assim?

Minha cabeça ainda não estava funcionando muito bem, mas tentei pensar, por educação. *Um círculo com muitos centros e sem circunferência.* Não consegui imaginar nada parecido.

— Não entendi muito bem — falei.

O velho continuou me encarando em silêncio. Parecia esperar algum comentário um pouco melhor.

— Nas aulas de matemática nunca me ensinaram sobre esse tipo de círculo… — acrescentei, sem muita convicção.

O velho balançou a cabeça devagar.

— Ah, claro que não. É óbvio. Na escola não ensinam essas coisas. As coisas que importam de fato ninguém ensina na escola. Como você bem sabe.

"Como você bem sabe"? Como aquele velho poderia saber o que eu sabia ou não?

— Existe algum círculo assim? — perguntei.

— Claro que sim — disse o velho, e assentiu com a cabeça algumas vezes. — Existe, com certeza. Mas não é todo mundo que consegue ver.

— O senhor consegue?

O velho não respondeu. Minha pergunta pairou no ar por um tempo, desajeitada, até desaparecer.

— Olha só — disse o velho. — Você tem que imaginar com sua própria capacidade, de mais ninguém. Tem que espremer todo seu conhecimento e visualizar: um círculo com vários centros e que além de tudo não tem perímetro. Só vai começar a entender do que é que se trata se fizer esse esforço.

— Parece difícil — falei.

— Óbvio que é — disse o velho, como se cuspisse algo sólido. — Existe alguma coisa neste mundo que valha a pena ter e que seja fácil de conseguir? — Em seguida ele limpou a garganta, como se abrisse um parágrafo em um texto. — Mas quando você dedica tempo e esforço e finalmente consegue alcançar uma coisa, isso é que é a nata da vida.

— A nata?

— Você conhece a expressão *crème de la crème*, do francês?

Respondi que não. Eu não sabia nada de francês.

— A nata da nata, o melhor do melhor. A essência mais importante da vida: isso é o *crème de la crème*. Entendeu? Todo o resto é bobagem, sem importância.

Na época não entendi o que aquele senhor estava dizendo. *Crème de la crème?*

— Vai, pensa — insistiu o velho. — Fecha os olhos de novo e pensa pra valer. Um círculo com vários centros e que além de tudo não tem perímetro. Essa sua cabeça foi feita pra pensar coisas difíceis, viu? Pra tentar entender aquilo que você não entende. Nada de ficar de moleza, preguiçando. Essa época que você tá vivendo é importante, viu. Seu cérebro e seu espírito estão se firmando, tomando forma.

Fechei os olhos de novo e tentei visualizar o tal círculo. Não podia ficar de moleza, preguiçando. Tentei imaginar um círculo com vários centros e que além de tudo não tem perímetro. Mas, por mais que pensasse, não conseguia entender o sentido daquilo. O círculo que eu conhecia era uma forma geométrica com apenas um centro e com um perímetro constituído de uma linha curva formada por uma sequência de pontos equidistantes ao centro. Uma forma simples, que dava para desenhar com qualquer compasso. Aquilo que o senhor estava falando não cabia na minha definição de círculo.

Apesar disso, não achei que o velho fosse maluco. Também não me pareceu que estivesse zombando de mim. Não sei por quê, mas compreendi que ele estava tentando me contar alguma coisa importante. Por isso continuei pensando, com muito afinco. No entanto, por mais que me esforçasse, minha cabeça só girava em falso no mesmo lugar. Como um círculo com muitos (ou, quem sabe, infinitos) centros poderia existir como uma coisa só? Será que era um tipo de analogia filosófica elaborada? Desisti e abri os olhos. Precisava de mais dicas.

Mas o senhor não estava mais lá. Olhei ao redor e não vi vestígio dele. Como se ele nunca houvesse existido. Será que tinha sido uma alucinação? Não, não era nada disso. Sem dúvida ele estivera ali, com um guarda-chuva apertado entre as mãos. Falara comigo com sua voz calma e partira deixando aquela questão peculiar.

Quando reparei, minha respiração tinha recuperado o ritmo tranquilo de sempre. A correnteza violenta havia desaparecido. No céu acima do porto, as nuvens cinzentas começavam a se afastar. Um raio de sol penetrou por uma pequena fresta entre elas e reluziu sobre o telhado de alumínio de um depósito de guindastes, como uma mira focada precisamente naquele ponto. Era uma cena impressionante, que chegava a ter um ar mítico, e passei muito tempo a contemplando.

O pequeno buquê vermelho envolto em celofane estava ao meu lado. Como uma modesta evidência das coisas estranhas que me haviam acontecido naquele dia. Hesitei por um momento, mas no fim decidi deixá-lo ali. Senti que era o correto a fazer. Levantei-me e fui caminhando de volta para o ponto de ônibus onde desembarcara. Tinha começado a ventar. Era o mesmo vento que espalhava as nuvens estagnadas lá no alto.

Depois que terminei de contar sobre esse dia, meu jovem amigo falou:

— Acho que não entendi direito essa história… O que é que estava acontecendo de verdade? Tinha algum tipo de intenção, algum princípio atuando ali?

Qual era o significado daquela estranha situação — ir até um recital, seguindo as indicações do convite, apenas para encontrar um prédio vazio — que eu havia vivenciado no alto de uma montanha em Kobe num domingo de fim do outono?

Por que essas coisas misteriosas tinham acontecido? Era o que meu amigo queria saber. Uma dúvida bastante razoável. Afinal, eu contara uma história que não chegava a conclusão alguma.

— Eu também não sei dizer, até hoje — respondi sinceramente.

Tudo permaneceu indecifrado, como um texto escrito em alguma misteriosa língua antiga. As coisas que aconteceram naquele dia não tinham explicação, não havia como tentar entendê-las, e, aos dezoito anos, fiquei muito confuso. Tão profundamente confuso que, por um momento, estive próximo de me perder.

— Mas tenho a impressão de que essas questões de princípio ou intenção não eram muito importantes nesse caso — continuei.

Ele me olhou com cara de quem não estava entendendo.

— Quer dizer, você acha que não é necessário saber o que foi aquilo?

Assenti com a cabeça, em silêncio.

— No seu lugar, acho que eu ficaria muito incomodado — disse ele. — Se me visse nessa situação ia querer saber o que aconteceu, descobrir a verdade dos fatos.

— Na época também fiquei muito incomodado — respondi. — Quebrei a cabeça tentando entender o que foi aquilo. Acho que fiquei magoado, também. Mas, olhando com mais distanciamento, passado algum tempo, comecei a achar que não tinha importância, que foi tudo bobagem. Que nada daquilo tinha a ver com a nata da vida.

— A nata da vida — repetiu ele.

— Coisas assim acontecem às vezes. Coisas que não dá para explicar, que não fazem sentido, mas que apesar disso nos abalam profundamente. Acho que nessas horas o jeito é não pensar em nada, não refletir, só fechar os olhos e esperar passar. Que nem quando mergulhamos por baixo de uma onda grande.

Meu amigo ficou calado, pensando sobre as ondas. Ele era um surfista experiente, então sem dúvida tinha muito a considerar sobre ondas. Em seguida ele voltou a falar:

— Mas deve ser difícil não pensar em nada.

— É, talvez seja.

"Existe alguma coisa neste mundo que valha a pena ter e que seja fácil de conseguir?", dissera o velho naquele dia, com extrema convicção, como Pitágoras discorrendo sobre seu teorema.

— Bem, e sobre o tal círculo que tem vários centros e não tem perímetro, você encontrou alguma resposta? — perguntou por fim meu amigo.

— Não sei — respondi. E balancei a cabeça devagar. Será que encontrei?

Até hoje, na minha vida, sempre que algo inexplicável acontece, algo que não faz sentido mas que me abala profundamente (não posso dizer que isso seja frequente, mas já aconteceu algumas vezes), eu me lembro daquele círculo — o círculo com muitos centros e sem perímetro. Fecho os olhos e escuto as batidas do meu coração, como fiz aos dezoito anos, sentado naquele gazebo.

Há momentos em que sinto ter entendido mais ou menos como é esse círculo, mas uma compreensão mais profunda sempre me escapa. Isso vive acontecendo. De qualquer forma, desconfio que ele não seja uma forma geométrica concreta, mas um círculo que só existe na mente das pessoas. É o que eu acho. Por exemplo, quando amamos alguém intensamente, quando sentimos uma compaixão profunda, quando abraçamos uma visão ideal de como o mundo deveria ser, quando encontramos uma fé (ou algo parecido), será que não compreendemos e aceitamos com naturalidade esse círculo? Mas essa é apenas uma suposição minha, e por sinal bastante vaga.

Essa cabeça foi feita para pensar coisas difíceis. Para tentar entender aquilo que você não entende. Isso é que é a nata da vida. Todo o resto é bobagem, sem importância. Foi o que o velho de cabelos brancos me disse naquela nublada tarde de domingo de um fim de outono, no alto de uma montanha em Kobe. Naquele momento eu tinha em mãos um pequeno buquê vermelho. E até hoje, quando alguma coisa perturbadora acontece, penso mais uma vez sobre esse círculo especial, ou sobre *bobagens sem importância*, ou sobre a nata especial que deve haver dentro de mim.

Charlie Parker Plays Bossa Nova

Bird está de volta.

Que frase maravilhosa de se ouvir! É isso mesmo. *Aquele* Bird voltou, batendo suas asas vigorosas. Em todos os cantos do planeta — de Novosibirsk a Timbuktu — as pessoas levantarão os olhos para o céu e, ao vislumbrar a sombra grandiosa desse pássaro, soltarão gritos de júbilo. Então o brilho radiante do sol preencherá novamente o mundo inteiro.

O ano é 1963. Muito tempo já se passou desde a última vez em que ouvimos falar em Charlie "Bird" Parker. Por toda parte, os amantes de jazz sussurram: por onde andará ele, o que estará fazendo? Não deve ter morrido, afinal ninguém falou nada sobre ele estar morto. Mas, como poderia dizer alguém, também não falaram nada sobre ele estar vivo...

A última notícia que tivemos de Bird foi que ele havia sido acolhido pela baronesa Nica, patrona da música, e estava na mansão dela, lutando contra uma série de doenças. Qualquer fã de jazz sabe que ele era um viciado de carteirinha. Heroína, o terrível pó branco. Segundo os boatos, além disso ele teve pneumonia, uma coleção de moléstias nos órgãos, foi castigado pela diabetes e, por fim, desenvolveu doenças mentais. Ainda que por um milagre tivesse sobrevivido, já deveria estar praticamente inválido e não voltaria a pegar no instrumento, pensavam todos. E, assim, Bird desapareceu da vida pública para se tornar apenas uma bela lenda do mundo do jazz. Isso foi no final de 1955.

Acontece que, no verão de 1963, oito anos mais tarde, em um estúdio nos subúrbios de Nova York, ele levou novamente o saxofone à boca e gravou um álbum inteiro. O nome desse disco é *Charlie Parker Plays Bossa Nova*!

Dá para acreditar numa coisa dessas?

É melhor acreditar, pois aconteceu de verdade.

Assim começava um texto que escrevi quando estava na faculdade. Foi a primeira coisa que publiquei na vida e pela qual recebi algum dinheiro, ainda que modesto.

É óbvio que não existe nenhum álbum chamado *Charlie Parker Plays Bossa Nova*. Charlie Parker faleceu no dia 12 de março de 1955, e foi só em 1962 que, graças às interpretações de artistas como Stan Getz, a bossa nova explodiu nos Estados Unidos. Mas... e se Bird ainda estivesse vivo na década de 1960? E se ele se interessasse pela bossa nova e resolvesse gravar algumas dessas canções? Foi pensando nesse cenário que escrevi essa crítica musical fictícia.

Só que o editor da revista literária da universidade para a qual mandei o texto achou que eu estava falando de um álbum real e, sem titubear, publicou o texto como faria com qualquer outra crítica. O irmão mais novo desse editor era um amigo e o convenceu a comprar um texto meu, dizendo que eu escrevia umas coisas divertidas. (A revista acabou depois de apenas quatro números, e o texto que escrevi saiu no terceiro.)

De acordo com a história que inventei, a gravadora havia descoberto em seus arquivos essas preciosas gravações deixadas por Charlie Parker, e agora elas estavam sendo trazidas a público pela primeira vez. Fico um pouco sem jeito de dizer isso sobre um texto meu, mas me dediquei bastante e elaborei cada detalhe de maneira bem verossímil. Tanto que, no fim, até eu estava começando a acreditar que o disco existia.

Quando a revista saiu, minha resenha causou certa comoção. Era só uma pequena revista universitária cujos textos não costumavam causar grande alvoroço. Mas, pelo visto, havia muitos fãs de Charlie Parker entre seus leitores, pois o editor recebeu várias cartas indignadas, chamando meu texto de "brincadeira de mau gosto" e "blasfêmia irresponsável". Não sei dizer se faltava senso de humor a essas pessoas ou se eu é que tinha um senso de humor distorcido. Parece que algumas até levaram a sério minha resenha e foram procurar o disco nas lojas.

O editor me deu uma bronca por tê-lo *enganado* (embora eu não tivesse tentado fazer isso, tendo apenas omitido uma explicação mais detalhada), mas no fundo parecia feliz por uma matéria de sua revista ter causado tamanha reação, ainda que na maior parte negativa. Prova disso é que ele me pediu para lhe mostrar qualquer coisa nova que escrevesse, fosse crítica ou autoral (só que, antes que eu pudesse fazer isso, a revista faliu).

O artigo que citei acima continua:

Charlie Parker e Tom Jobim! Quem poderia imaginar uma parceria mais extraordinária? Temos Jimmy Raney na guitarra, Jobim no piano, Jimmy Garrison no baixo e Roy Haynes na bateria. Só de ler os nomes dessa seção rítmica, o coração já acelera. E claro: no saxofone alto, Charlie "Bird" Parker.

Vejam a lista de músicas:

Lado A
1. Corcovado
2. O amor em paz
3. Just Friends
4. Chega de saudade

Lado B
1. Out of Nowhere
2. Insensatez
3. Outra vez
4. Dindi

Com exceção de "Just Friends" e "Out of Nowhere", são todas canções famosas compostas por Tom Jobim. As duas que não são de sua autoria são standards conhecidos por interpretações mais antigas do próprio Parker. Mas aqui nós as encontramos de forma totalmente nova, com ritmo de bossa nova (apenas nessas duas músicas quem está ao piano não é Jobim, mas o versátil veterano Hank Jones).

Bem, e o que será que você, amante do jazz, irá sentir ao ouvir o nome desse disco, *Charlie Parker Plays Bossa Nova*? Desconfio que primeiro ficará atordoado, depois será tomado pela curiosidade e expectativa. Mas, em seguida, pode ser que surja um certo receio — como agourentas nuvens escuras aparecendo atrás de uma montanha ensolarada.

Mas espera aí: você está me dizendo que Charlie Parker está tocando bossa nova? Será que ele realmente queria gravar essas músicas? Ou será que apenas cedeu ao mercado, convencido pela gravadora a entrar na moda do momento? E, supondo que ele tenha feito isso por vontade própria, como poderia combinar seu sax, bebop até a medula, com uma música latina e cool como a bossa nova?

Mesmo deixando de lado tudo isso, existe uma questão anterior: depois de um hiato de oito anos, será que ele ainda consegue tocar com a mesma liberdade de antes? Terá conseguido preservar, por todo esse tempo, seu nível impressionante de performance e criatividade?

Para falar a verdade, também fiquei apreensivo. Quis escutar essas novas músicas o mais rápido possível, mas ao mesmo tempo tive medo de me decepcionar. Agora, depois de ouvir o disco atentamente, inúmeras vezes, posso dizer uma coisa com plena convicção. Poderia até mesmo subir no alto de um prédio e gritar a plenos pulmões para que todos ouvissem: se você é fã de jazz, ou tem qualquer apreço pela música, largue tudo que estiver fazendo e vá agora mesmo escutar esse disco fascinante, fruto de um coração fervoroso e uma mente cool.

[...]

A primeira surpresa que o álbum nos traz é a maneira maravilhosa como o piano minimalista e simples de Jobim se combina ao fraseado eloquente e extravagante de Bird. Simplesmente indescritível. Alguém poderia argumentar que a voz de Jobim (e aqui estou falando apenas da voz do seu instrumento, pois ele não canta neste LP) e a de Bird são diferentes demais, têm estilos opostos, vão em direções contrárias. Sem dúvida, são duas vozes completamente distintas. Chega a ser difícil encontrar pontos em comum entre elas. E, além disso, nenhum dos dois parece fazer qualquer esforço para modificar sua performance e acompanhar o parceiro. Mas é precisamente desse desencontro, da fresta que separa as duas vozes, que brota a força vital capaz de criar uma música de beleza incomparável.

Para começar, escutem com atenção a primeira faixa do lado A, "Corcovado". Bird não toca o tema que abre a música. Ele só vai tocá-lo no último refrão. No começo, quem toca suavemente a melodia já bem conhecida é Tom Jobim, ao piano. A seção rítmica está em silêncio ao fundo. A canção nos traz à mente o olhar de uma bela jovem sentada junto à janela, observando a paisagem noturna. Jobim toca quase tudo com notas soltas, acrescentando vez ou outra um acorde simples, discreto. Como se colocasse, com delicadeza, uma almofada macia atrás das costas da moça.

Em seguida, concluída a interpretação do tema ao piano, começa a soar, furtivo como a luz fraca do entardecer se esgueirando pelas frestas de uma cortina, aquele sax alto. Quando nos damos conta, ele já está ali. Suas frases graciosas e fluidas são como belas lembranças sem nome que se infiltram em um sonho. Um vento que traça nas dunas do coração ondas que desejamos que jamais desapareçam, como lindas cicatrizes...

Vou omitir o restante do texto. Ele continua assim, um relato convincente, repleto de adjetivos. Imagino que dê para ter uma ideia do tom geral das músicas contidas no álbum. Embora na verdade elas não existam. Ou, pelo menos, *não deveriam existir*.

Essa história acaba aqui. Agora vou contar uma coisa que aconteceu depois.

Por muito tempo, esqueci completamente desse texto que escrevi quando estudante. Depois da faculdade minha vida ficou muito mais conturbada do que eu poderia imaginar, e essa resenha musical fictícia não havia passado afinal de uma brincadeira despreocupada e irresponsável dos meus tempos de juventude. Entretanto, cerca de quinze anos mais tarde, ela reapareceu na minha vida de maneira inesperada, como um bumerangue que já não nos lembramos de ter arremessado e que volta às nossas mãos quando menos esperamos.

Eu estava em Nova York a trabalho e, aproveitando um momento de folga, fui caminhar perto do hotel e entrei em uma pequena loja de discos usados na rua 14 Leste. E, para minha surpresa, na seção de Charlie Parker, encontrei precisamente um LP chamado *Charlie Parker Plays Bossa Nova*. Parecia ser um *bootleg*, um disco não oficial. O encarte branco não tinha fotos nem ilustrações, apenas o título impresso em letras pretas e simples. No verso havia a lista de músicas e o nome dos músicos. Li essa lista boquiaberto, pois era exatamente igual à que eu inventara quando estudante, sem tirar nem pôr. Em apenas duas músicas Hank Jones substituía Jobim ao piano.

Fiquei ali, com o disco nas mãos, atônito. Tinha a sensação de que alguma pequena parte de mim, no fundo do meu corpo, estava paralisada. Olhei novamente ao redor. Aquilo era *mesmo* Nova York? Sim, sem dúvida eu estava no centro de Nova York. Em uma pequena loja de discos. Eu não havia sido transportado para um mundo fantástico. Não estava tendo um sonho hiper-realista.

Tirei o LP de dentro da capa. A etiqueta no centro era branca, com os nomes das músicas impressos em preto. Não havia logotipo da gravadora nem nada do gênero. Examinei as ranhuras do disco. De fato, eram quatro faixas de cada lado. Perguntei ao funcionário de cabelo comprido que estava no caixa se eu poderia escutar um trecho do disco. Não, respondeu ele. A vitrola da loja quebrou, não dá para ouvir nada. Sinto muito.

Uma etiqueta indicava que o disco custava 35 dólares. Hesitei muito, mas no fim saí da loja sem comprá-lo. Achei que aquilo só poderia ser uma brincadeira de mau gosto. Algum engraçadinho tinha feito, só na forma, um disco igual ao que eu havia descrito. Bastava pegar um LP com quatro faixas de cada lado, mergulhar na água para soltar a etiqueta central e colar no lugar um adesivo feito em casa. Pagar 35 dólares por uma imitação dessas seria estúpido demais.

Entrei sozinho em um restaurante espanhol perto do hotel, tomei uma cerveja e comi uma refeição simples. Mais tarde, enquanto vagava pelas ruas, fui invadido por um intenso arrependimento. Eu devia ter comprado o disco. Mesmo que fosse apenas uma falsificação disparatada, mesmo que o preço fosse absurdo, eu precisava ter aquele álbum, como souvenir das voltas que a vida dava. Corri para a rua 14 Leste, mas quando cheguei a loja já estava fechada. Uma placa pendurada na porta de aço informava que o horário de funcionamento era das 11h30 às 19h30.

No dia seguinte, voltei à loja no final da manhã. Um homem de meia-idade, de cabelo ralo e suéter com a gola redonda meio puída estava sentado diante do caixa, lendo a seção de esportes do jornal e tomando café. Ele devia ter acabado de usar a cafeteira, pois pairava de leve no ar o cheiro reconfortante de café fresco. Eu era o único cliente na loja recém-aberta. As pequenas caixas de som no teto tocavam uma velha música de Pharoah Sanders. Pelo jeito do homem, supus que fosse o dono da loja.

Procurei o disco na seção de Charlie Parker, mas não o encontrei. Eu tinha certeza de que o devolvera ao lugar certo no dia anterior. Uma vez que ele não estava ali, procurei em todas as estantes de jazz — quem sabe ele tinha ido parar no meio dos discos de outros artistas. Mas, por mais que eu procurasse, o LP que eu queria não apareceu. Será que tinha sido vendido em tão pouco tempo? Fui até o balcão e disse ao homem de suéter puído que estava procurando um disco de jazz que vira naquela loja no dia anterior.

— Qual disco? — perguntou ele, sem tirar os olhos do *New York Times*.

— *Charlie Parker Plays Bossa Nova* — respondi.

O homem pousou o jornal, tirou os óculos de leitura com aro de metal e moveu o olhar devagar na minha direção.

— Desculpe, pode repetir?

Eu repeti. Ele tomou um gole de café, em silêncio, depois sacudiu a cabeça devagar.

— Esse disco não existe, nem aqui nem em lugar nenhum.

— Claro — falei.

— Mas se você quiser *Perry Como Sings Jimi Hendrix*, temos em estoque.

— *Perry Como Sings...* — comecei a repetir, antes de me dar conta de que ele estava brincando.

Era do tipo que fazia piadas sem mudar de expressão.

— Mas eu realmente vi esse disco — continuei. — Acho que devia ser só uma brincadeira de alguém, mas...

— Você está dizendo que viu o disco *nesta loja*?

— É. Ontem de tarde.

Expliquei sobre o disco — como era o encarte, quais as faixas, e que tinha uma etiqueta de 35 dólares.

— Acho que você deve estar se confundindo. Não temos nenhum LP assim aqui. Quem faz todas as aquisições de jazz e decide os preços sou eu, e sem dúvida me lembraria se tivesse visto uma coisa dessas — disse ele, balançando a cabeça e recolocando os óculos. Retomou por um momento a leitura do jornal, mas em seguida mudou de ideia e tirou os óculos outra vez: — Se algum dia você encontrar esse álbum, eu adoraria ouvi-lo.

Essa história teve mais uma continuação.

Foi muito tempo depois do incidente que acabei de narrar (para falar a verdade, foi há bem pouco tempo). Certa noite, Charlie Parker me apareceu em um sonho. E tocou para mim, *exclusivamente para mim*, "Corcovado". Sem baixo nem bateria, só um solo de sax alto.

Bird estava parado em pé, sozinho, num ponto iluminado pelos longos raios de sol verticais que entravam por alguma fresta. Acho que era a luz da manhã. Uma luz honesta, fresca, sem nenhum excesso. Ele estava virado para mim e uma sombra cobria seu rosto, mas dava para ver que vestia um terno escuro de abotoamento duplo, camisa branca e gravata clara. O saxofone alto que tinha em mãos estava absurdamente sujo, coberto de poeira e ferrugem. Uma das teclas tinha se partido e estava presa com um cabo de colher e fita adesiva. Aquilo me deixou intrigado. Será que alguém — mesmo Bird — seria capaz de produzir um som decente com um instrumento naquele estado?

De repente, um cheiro incrível de café atingiu meu nariz. Que perfume sedutor! De café preto recém-passado, quente e intenso. Minhas narinas estremeceram de prazer. Porém, por mais tentador que fosse o perfume, não tirei os olhos do músico à minha frente nem por um momento. Temia que, se desviasse o olhar por um só segundo, Bird aproveitasse a brecha para desaparecer.

Não sei bem por quê, mas na hora eu já sabia que aquilo era um sonho — *estou sonhando com Bird*. De vez em quando isso acontece, você tem certeza de que está sonhando. Eu estava estranhamente emocionado por sentir um cheiro de café tão vívido dentro de um sonho.

A certa altura, Charlie Parker levou a boquilha aos lábios e produziu uma só nota, com atenção, como se testasse a condição da palheta. A nota se dispersou devagar, e quando por fim desapareceu ele tocou mais algumas, da mesma maneira cuidadosa. Elas flutuavam ao seu redor por alguns momentos e então caíam suavemente no chão. Depois que todas chegaram ao chão e foram engolidas pelo silêncio, ele soprou uma série de notas muito mais intensas, mais determinadas do que as anteriores. E, assim, começou a tocar "Corcovado".

Como posso descrever essa música? Olhando em retrospecto, parece que a canção que Bird tocou para mim foi menos uma sequência de notas e algo mais próximo de uma *irradiação total e instantânea*. Guardo uma memória vívida dela, mas não consigo descrevê-la. Assim como é impossível explicar em palavras os padrões de uma mandala. Tudo que posso dizer é que a música alcançou recessos muito profundos, o âmago da minha alma. Sinto que, depois de escutá-la, a composição do meu corpo se tornou um pouco diferente do que era antes. Certamente há músicas assim no mundo.

— Quando eu morri, tinha trinta e quatro anos. Trinta e quatro! — me disse Bird. Quer dizer, acho que foi para mim que ele disse isso. Afinal, éramos as únicas pessoas no recinto.

Eu não soube reagir a essa declaração. Nos sonhos, é muito difícil se comportar de maneira adequada. Então só fiquei calado e esperei que ele dissesse mais alguma coisa.

— Imagine por um momento o que é isso, morrer aos trinta e quatro anos — ele continuou.

Tentei imaginar como eu teria me sentido se tivesse morrido aos trinta e quatro anos. Nessa idade, eu tinha acabado de começar muitas coisas.

— Pois é. Eu também tinha acabado de começar muitas coisas — disse Bird. — Mal tinha começado a viver a vida. Mas, quando dei por mim, quando olhei ao redor, já estava tudo acabado.

Ele balançou suavemente a cabeça. Seu rosto continuava encoberto pela sombra, e não pude ver sua expressão. O instrumento sujo e cheio de marcas pendia do pescoço pela correia.

— A morte é sempre repentina, claro, quando quer que aconteça — ele continuou. — Mas, ao mesmo tempo, é um negócio terrivelmente moroso. Como melodias bonitas que surgem na mente. Algo que pode acontecer num piscar de olhos e perdurar por muito tempo, tempo suficiente para ir da costa leste à oeste. Ou mesmo por toda a eternidade. O conceito de tempo desaparece. Nesse sentido, é possível que eu estivesse morrendo todos os dias enquanto vivia. Apesar disso, a morte real, verdadeira, é muito pesada. De repente, alguma coisa que existia até então se extingue por completo. Regressa para o nada. E, no meu caso, o que se extinguiu fui eu mesmo.

Charlie Parker passou um tempo de cabeça baixa, fitando o saxofone. Depois recomeçou a falar:

— Você sabe no que eu estava pensando quando morri? — perguntou. — A única coisa na minha cabeça era uma melodia. Fiquei cantarolando aquilo mentalmente, sem parar. Não saía da minha cabeça de jeito nenhum. Isso acontece às vezes, não é? De uma música grudar na cabeça da gente e não sair mais. Sabe que música era? Um trecho do terceiro movimento do *Concerto para piano nº 1* de Beethoven. Esse aqui.

Bird cantarolou a melodia. Eu me lembrava daquele trecho, uma parte do solo para piano.

— De todas as músicas de Beethoven, essa é a que tem mais swing — explicou ele. — Eu sempre gostei do *Concerto nº 1*. Ouvi milhares de vezes, interpretado por Schnabel, num disco de 78 rotações. Mas é meio estranho, não é? Quem poderia imaginar que, de tudo que há no mundo, eu, Charlie Parker, no momento da minha morte, estaria cantarolando uma melodia de Beethoven... E depois veio a escuridão. Como um pano que cai. — Bird deu uma risada curta e rouca.

Não fui capaz de dizer nada. O que poderia dizer sobre a morte de Charlie Parker?

— Seja como for, preciso te agradecer — disse ele. — Você me deu vida novamente. E me fez tocar bossa nova. Foi uma experiência muito feliz. Sem dúvida, eu teria ficado ainda mais feliz se pudesse fazer isso de verdade, quando estava vivo. Mas, mesmo depois da morte, foi ótimo. Eu sempre gostei de novos estilos musicais.

Então você apareceu aqui para me agradecer?

— Exatamente — respondeu ele, como se tivesse escutado meus pensamentos. — Estou aqui hoje para te agradecer. Para dizer obrigado. Espero que tenha gostado da música.

Fiz que sim com a cabeça. Provavelmente deveria ter dito alguma coisa, mas continuava incapaz de encontrar palavras apropriadas para a situação.

— *Perry Como Sings Jimi Hendrix...* — murmurou Bird, como quem se recorda de algo. E riu mais uma vez a sua risada rouca.

Em seguida, desapareceu. Primeiro seu saxofone sumiu, depois o facho de luz que entrava sabe-se lá por onde, e por fim ele próprio.

Quando despertei desse sonho, o relógio ao lado da cama marcava três e meia da manhã. Ainda estava completamente escuro. O perfume de café que deveria estar preenchendo o quarto havia desaparecido. O ar não tinha cheiro algum. Fui até a cozinha e bebi vários copos de água gelada. Depois me sentei à mesa de jantar e tentei mais uma vez reconstituir alguma coisa, por menor que fosse, da canção que Bird havia tocado especialmente para mim. Mas não consegui me lembrar de um trecho sequer. Ainda assim, consegui repassar na mente o que ele me dissera. Antes que a memória se dissipasse, escrevi tudo com esferográfica em um caderno, palavra por palavra. Era a única coisa que eu poderia fazer. Bird me aparecera em sonho para expressar sua gratidão por, muito tempo atrás, eu ter lhe dado a oportunidade de fazer bossa nova. E, usando um instrumento improvisado, tocara "Corcovado" para mim.

Dá para acreditar numa coisa dessas?

É melhor acreditar, pois aconteceu de verdade.

With the Beatles

O mais estranho de envelhecer não é eu estar envelhecendo. O fato de eu, que um dia fui um menino, de repente me encontrar na idade chamada de velhice. O que mais me surpreende é perceber que as outras pessoas da minha geração agora são velhas — em particular, a realidade de que as meninas belas e cheias de vida com quem convivi já podem ter agora uns dois ou três netos. Pensar sobre isso me provoca uma sensação muito estranha, às vezes chega a me entristecer. Embora eu nunca tenha ficado triste por eu mesmo estar ficando velho.

Se me entristeço por essas meninas terem envelhecido, talvez seja porque isso me força a reconhecer que os sonhos que tive quando jovem já não são mais possíveis. Em certo sentido, a morte de um sonho é mais triste do que a morte de algo vivo. Às vezes, isso pode parecer muito injusto.

Existe uma menina — uma mulher que um dia foi menina, quero dizer — de quem me lembro bem até hoje. Mas não sei como ela se chama, nem onde está agora, ou o que faz. Tudo que sei é que ela estudava no mesmo colégio que eu, tinha a mesma idade que eu (o emblema colorido em seu peito indicava que estávamos no mesmo ano) e gostava da música dos Beatles. Nada mais.

Isso foi em 1964, no ápice da beatlemania. Era o início do outono e de um novo semestre escolar, quando começávamos a nos habituar com a nova rotina. Vi essa menina caminhando a passos rápidos pelo corredor da escola, sozinha. Ela parecia ter pressa para chegar a algum lugar, agitando a barra da saia. Cruzei com ela na penumbra de um dos corredores do velho edifício. Não havia mais ninguém além de nós. Ela abraçava um disco contra o peito, como se fosse algo muito precioso. Era o LP *With the Beatles*, com aquela capa marcante, a foto em preto e branco dos quatro membros da banda, os rostos semiencobertos pela sombra. Segundo minha memória, não se tratava da versão americana nem da japonesa, mas da original britânica. Não sei por quê, mas me lembro disso com muita clareza.

Ela era linda. Pelo menos aos meus olhos, naquele momento, pareceu incrivelmente bela. Não era muito alta. Tinha o cabelo longo e bem preto, as pernas esguias, e cheirava muito bem (quer dizer, talvez eu tenha inventado isso. Talvez ela não tivesse cheiro nenhum, mas foi o que me pareceu. Ao passar por ela, tive a impressão de sentir um perfume maravilhoso). Naquele momento, fui intensamente atraído por ela — por aquela menina linda cujo nome eu não sabia, com o LP *With the Beatles* apertado contra o peito.

Meu coração disparou e não consegui respirar direito, os sons ficaram todos distantes, como se eu estivesse no fundo de uma piscina; eu só escutava bem ao longe o barulho de um guizo baixinho. Como se alguém estivesse tentando me transmitir uma mensagem crucial. Mas foi tudo muito rápido, coisa de dez ou quinze segundos. Um acontecimento súbito que, quando dei por mim, já havia terminado. E a mensagem preciosa que havia ali, como a essência de todos os sonhos, simplesmente desapareceu. Assim como costuma acontecer com a maioria das experiências preciosas da vida.

O corredor mal iluminado da escola, a menina bonita agitando a barra da saia e o LP *With the Beatles*.

Essa foi a única vez que vi a tal menina. Durante os anos seguintes, até me formar, nunca mais a encontrei. Isso na verdade é meio estranho. A escola onde cursei o ensino médio era grande, e ficava no alto de uma montanha em Kobe. Cada ano escolar tinha uns seiscentos e cinquenta alunos (éramos da geração dos baby boomers, e realmente havia gente demais). Então não era como se todos se conhecessem — pelo contrário, eu desconhecia o nome e o rosto da maior parte dos alunos. Mas, ainda assim, ia para a escola quase todos os dias e atravessava aqueles corredores inúmeras vezes, de modo que não faz muito sentido nunca ter voltado a cruzar com aquela menina. Sobretudo considerando que, sempre que andava pelos corredores, olhava atentamente ao redor procurando por ela. Ela havia desaparecido como fumaça. Será que a cena que eu vira naquela tarde de começo de outono fora apenas um devaneio inexistente? Ou será que, na penumbra do corredor, eu havia enfeitado a realidade, embelezado a menina, e depois não a reconhecera vendo-a como realmente era? (Dentre essas três possibilidades, a última me parece a mais provável.)

Desde então conheci muitas mulheres e me relacionei com algumas. E tenho a impressão de que, sempre que conhecia uma nova, desejava inconscientemente reviver aquele momento — aquele instante luminoso num corredor escuro em 1964. A palpitação insistente e silenciosa do coração, o peito sufocado, o som distante do guizo soando no fundo dos ouvidos.

Em algumas ocasiões consegui reviver esse sentimento, mas nem sempre (infelizmente, o guizo não tocava). E, em outras, cheguei a agarrar esse instante, que logo depois escapou de mim, esvanecendo em alguma esquina. Mas, em todos os casos, o retorno daquela sensação operava em mim como uma espécie de gabarito, um instrumento para medir o desejo.

Quando eu não era capaz de alcançar essa sensação no mundo real, retraçava discretamente, dentro de mim, as memórias de quando a havia sentido. Assim, em algumas ocasiões, essa memória foi uma das minhas mais preciosas fontes de sentimentos, um amparo para seguir vivendo. Como se eu guardasse um pequeno filhote de gato adormecido, quentinho, no fundo do bolso do casaco.

Vamos falar sobre os Beatles.

Um ano antes de eu ver aquela menina, os Beatles se tornaram incrivelmente populares em todo o mundo. E, no mês de abril do ano seguinte, aconteceu o fenômeno de as cinco primeiras posições das paradas de sucesso dos Estados Unidos serem todas ocupadas por canções da banda. Um feito inédito no mundo da música pop. Vejamos quais eram essas cinco músicas:

1) Can't Buy Me Love
2) Twist and Shout
3) She Loves You
4) I Wanna Hold Your Hand
5) Please Please Me

Dizem que o compacto de "Can't Buy Me Love" vendeu 2,1 milhões de cópias só por encomenda. Quer dizer, antes mesmo de o disco começar a ser vendido, já era um *double million seller*.

No Japão a banda também era incrivelmente popular, é claro. Você podia ligar o rádio a qualquer hora e encontrar alguma música deles tocando. Eu, sendo daquela época, também gostava da maioria das músicas da banda, e conheço todas as que fizeram sucesso nesses anos. Se for preciso, consigo cantar todas elas. Isso porque sempre deixava o rádio ligado enquanto estava sentado à escrivaninha estudando (ou fingindo que estudava).

Mas, para ser sincero, nunca fui um fã fervoroso dos Beatles. Nunca busquei ativamente ouvir as músicas deles. É claro que as ouvi à exaustão, mas sempre de forma passiva. Elas cruzavam minha consciência suavemente apenas como hits do momento, nada mais do que a trilha sonora da adolescência saindo das caixas do meu rádio Panasonic. Acho que posso dizer que eram como um papel de parede musical.

Nunca comprei um disco dos Beatles, nem durante o ensino médio nem depois de entrar na faculdade. Na época eu adorava jazz e música clássica, e se fosse escutar a sério alguma coisa, era sempre esse tipo de música. Juntava minha mesada para comprar discos de jazz, pedia para tocarem Miles Davis e Thelonious Monk nos cafés, ia assistir a concertos de música clássica.

Foi só muito mais tarde que, levado por um certo acaso, comprei por iniciativa própria um disco dos Beatles e passei a escutá-los com atenção. Mas essa já é outra história.

É meio estranho dizer isso, mas eu já tinha uns trinta e cinco anos quando fui escutar o álbum *With the Beatles* pela primeira vez de cabo a rabo. Ou seja, por mais marcante que fosse minha lembrança daquela menina abraçada ao LP, por muito tempo não tive vontade de realmente ouvi-lo. Não sei dizer por quê, mas nunca me interessei em saber o que estava gravado nos sulcos do disco que ela apertava contra o peito.

Minha primeira impressão ao ouvir o disco pela primeira vez, já no meio dos trinta anos, quando não poderia mais ser chamado de menino nem de jovem, foi que suas músicas não tinham nada de tirar o fôlego. Das catorze canções reunidas no álbum, seis são covers de outros artistas, e, com exceção de "All My Loving", escrita por Paul, é difícil (na minha opinião) dizer que qualquer das oito músicas originais seja realmente notável. Os covers de "Please Mr. Postman", das Marvelettes, e de "Roll Over Beethoven", de Chuck Berry, são extraordinários, e mesmo hoje fico admirado ao ouvi-los, mas no fim das contas são só covers. Suponho que eu deveria admirar a ousadia dos Beatles de lançarem um LP só com músicas novas, sem incluir nenhuma canção que já tivesse estourado como single. Mas, pensando na vivacidade da música, acho seu álbum de estreia, *Please Please Me*, feito quase de improviso, superior.

Apesar disso, *With the Beatles* estreou em primeiro lugar nas paradas da Inglaterra, posição que manteve durante vinte e uma semanas (nos Estados Unidos ele foi lançado com um conteúdo um pouco diferente e o título *Meet the Beatles!*, mas o design da capa é praticamente igual).

Imagino que tamanho sucesso se deva ao fato de os fãs estarem desesperados por novas músicas da banda, assim como alguém atravessando o deserto anseia por água, e também à capa incrivelmente impactante, com a foto em preto e branco dos rostos dos quatro rapazes semiencobertos pela sombra.

Na verdade, o que fisgou tão violentamente meu coração naquela cena foi a menina abraçando carinhosamente essa capa. Sem o disco dos Beatles e sua capa, meu fascínio certamente não teria sido tão intenso. A música estava ali. Mas o que *realmente* estava ali era algo maior, algo que incluía a música mas a transcendia. E assim aquela cena ficou imediatamente registrada no papel fotográfico da minha mente. Um retrato emocional que *só poderia existir ali*, naquela época, naquele lugar, naquele segundo.

O acontecimento mais importante do ano seguinte, 1965, não foi o presidente Johnson ter ordenado o bombardeio do Vietnã do Norte, acirrando subitamente a guerra, nem a descoberta do gato-de-iriomote na ilha de Iriomote, mas o fato de que arranjei uma namorada. Ela tinha sido minha colega de turma no primeiro ano, e nesse período não chegamos a ter um relacionamento, mas no segundo ano começamos a namorar, por um acaso qualquer.

Para evitar mal-entendidos, preciso deixar claro desde o começo que não sou bonito, não tenho muito talento para os esportes e minhas notas também nunca foram grande coisa. Não canto bem nem sou particularmente eloquente. Então nunca me aconteceu de ser popular entre as mulheres — nem quando era estudante, nem depois de formado. Não que eu me orgulhe disso, mas neste mundo incerto em que vivemos é uma das poucas coisas que posso afirmar com convicção absoluta.

No entanto, sempre havia em algum canto uma mulher que se interessava e se aproximava de mim. Em todas as turmas da escola, por exemplo, havia pelo menos uma menina assim. Para ser sincero, não faço ideia do que causava esse interesse ou fazia com que elas simpatizassem comigo. Seja como for, graças a isso pude passar junto a elas momentos de intimidade razoavelmente agradáveis. Em alguns casos nos tornamos bons amigos, em outros tivemos relações um pouco mais próximas. Essa namorada foi uma dessas meninas. Quero dizer, foi a primeira com quem tive *uma relação um pouco mais próxima*.

Minha primeira namorada era miúda e charmosa. Passamos o verão daquele ano saindo uma vez por semana. Certa tarde, beijei seus lábios pequenos e macios e toquei seus seios por cima do sutiã. Ela usava um vestido branco sem mangas e o cabelo tinha um cheiro cítrico de xampu.

Ela não parecia dar a mínima para os Beatles. Também não se interessava por jazz. O que escutava por gosto próprio eram coisas como Mantovani & His Orchestra, Percy Faith, Roger Williams, Andy Williams e Nat King Cole, esse tipo de música tranquila e, podemos dizer, bem classe média (naquele tempo dizer que algo era *classe média* não era pejorativo). Quando eu visitava sua casa, havia sempre muitos discos desse tipo, o que hoje chamamos de *easy listening*. Ela escolhia algum e o colocava na vitrola. Tinha um aparelho de som estéreo excelente na sala de estar. E foi assim que nos beijamos, sentados no sofá. Naquele dia, todos da família dela tinham saído e estávamos sozinhos em casa. Nessas horas, sinceramente, eu não estava nem aí para o tipo de música que estivesse tocando.

O que me lembro do verão de 1965 é do vestido branco, do cheiro cítrico do xampu, do toque do sutiã com armação de arame extremamente firme (os sutiãs daquele tempo pareciam mais fortificações do que roupa íntima) e da orquestra de Percy Faith executando "Theme from *A Summer Place*" com grande elegância. Até hoje, se escuto essa música, logo me vem à mente aquele enorme sofá macio.

Por sinal, alguns anos mais tarde (acho que em 1968, pois tenho a impressão de que foi na mesma época do assassinato de Robert Kennedy), o professor responsável pela turma na qual estudamos juntos se enforcou numa viga em casa. Ele lecionava estudos sociais. Um beco sem saída ideológico foi apontado como o motivo do suicídio.

Beco sem saída ideológico?

É, na segunda metade da década de 1960 havia quem tomasse a própria vida por impasses ideológicos. Ainda que não fosse assim tão comum.

É muito estranho pensar que, enquanto eu e minha namorada nos abraçávamos desajeitados no sofá, tendo como trilha sonora as canções românticas e sedosas de Percy Faith, aquele professor de estudos sociais caminhasse passo a passo rumo a um beco sem saída ideológico, ou, em outras palavras, a um nó silencioso na corda. Chego a me sentir culpado. Pois, dos professores que eu havia tido até então, ele certamente estava entre os melhores. Esforçava-se ao máximo para ser justo com os alunos, mesmo que isso nem sempre funcionasse. Pelo menos foi essa a impressão que guardei, apesar de nunca termos tido nenhuma conversa mais pessoal.

Assim como o ano anterior, 1965 também foi o ano dos Beatles. Em fevereiro, "Eight Days a Week", em abril, "Ticket to Ride", em julho, "Help!" e em setembro, "Yesterday", todas brilharam no topo das paradas inglesas. A impressão que eu tinha era de que, se escutasse com atenção, a qualquer momento ouviria alguma canção deles tocando. A música dos Beatles estava por toda parte, envolvia tudo à nossa volta, como um papel de parede meticulosamente aplicado.

Se não fossem os Beatles, então era algo como "(I Can't Get No) Satisfaction", dos Rolling Stones, "Mr. Tambourine Man", dos Byrds, "My Girl", dos Temptations, "You've Lost That Lovin' Feelin'", dos Righteous Brothers, ou "Help Me Rhonda", dos Beach Boys. Diana Ross e The Supremes também emplacavam um hit atrás do outro nas paradas de sucesso. O rádio portátil da Panasonic tocava às minhas costas, sem parar, músicas que faziam o coração dançar no peito. Do ponto de vista da música pop, foi um ano maravilhoso, de tirar o fôlego.

Há quem afirme que a época mais feliz na vida de uma pessoa é aquela em que a música pop toca mais fundo em seu âmago. Pode ser verdade. Ou não. Talvez os hits do momento não sejam nada mais do que isso, hits do momento. E nossas vidas não sejam nada mais do que artigos de consumo bem adornados.

A casa da minha namorada ficava perto da emissora de rádio que eu costumava escutar em Kobe. Acho que o pai dela trabalhava com importação ou exportação de maquinário médico, não lembro ao certo. Seja como for, ele tinha sua própria empresa e os negócios pareciam ir bem. A casa ficava no meio de um bosque de pinheiros perto da costa. Tinha sido a casa de veraneio de algum executivo, que a família havia comprado e reformado. Nas tardes de verão, as folhas dos pinheiros farfalhavam com o vento que vinha do mar. Talvez aquele fosse o local ideal para escutar "Theme from *A Summer Place*".

Muitos anos depois, por acaso, vi na televisão, de madrugada, uma exibição de *A Summer Place*.* Estrelado por Troy Donahue e Sandra Dee, a obra segue uma narrativa clichê, mas é um romance adolescente hollywoodiano bem-feito. Foi lançado em 1959. A música tema, "Theme from *A Summer Place*", composta por Max Steiner, foi regravada pela orquestra de Percy Faith e fez muito sucesso. *A Summer Place* também

---

* No Brasil, *Amores clandestinos*. (N. T.)

se passava na costa e o bosque também farfalhava, ao som da seção de metais da orquestra. Quando assisti ao filme, essa imagem do bosque à beira-mar agitado pelo vento me pareceu uma metáfora para o desejo sexual intenso de todos os jovens saudáveis do mundo. Mas acho que essa pode ser apenas uma visão pessoal, ou um preconceito meu.

No filme, esse violento vento do desejo desestabiliza Troy Donahue e Sandra Dee e coloca diversas dificuldades concretas em seu caminho. Há inúmeros desentendimentos, seguidos de inúmeras reconciliações, até que os vários obstáculos desaparecem como a névoa e no fim os dois se casam e são felizes para sempre. Afinal, naquele tempo, um final feliz de Hollywood significava o casamento. Alcançar as condições que permitiam manter relações sexuais de forma legal. Mas é claro que no fim eu e minha namorada não nos casamos. Éramos apenas estudantes trocando beijos desajeitados no sofá da sala, ao som de "Theme from *A Summer Place*".

— Sabe de uma coisa? — ela disse baixinho, como quem faz uma confissão. — Sou muito ciumenta.

— Sério? — perguntei.

— Queria que você soubesse disso.

— Tudo bem.

— Ser ciumenta é muito ruim, às vezes.

Afaguei seus cabelos, sem nada dizer. Mas, naquele tempo, não sabia muito bem o que o ciúme significava. De onde ele vinha, que resultados gerava. Minha cabeça estava tomada demais pelos meus próprios sentimentos para que eu pensasse sobre o assunto.

Aliás, Troy Donahue fez muito sucesso na segunda metade dos anos 1960 como um jovem galã, mas depois disso se afundou nas drogas e na bebida, não teve sorte no trabalho e chegou até mesmo a morar na rua. Dizem que Sandra Dee também sofreu com o alcoolismo por muito tempo. Em 1964, Donahue se casou com Suzanne Pleshette, uma atriz famosa na época, mas se divorciou oito meses depois, enquanto Dee se casou em 1960 com o cantor Bobby Darin, do qual se divorciou em 1967. Nada disso tem relação alguma com o enredo de *A Summer Place*, é claro. Nem com o destino que eu e minha namorada tivemos.

Ela tinha um irmão mais velho e uma irmã mais nova, que ainda estava no final do ensino fundamental mas era uns cinco centímetros mais alta do que ela. E, como costuma acontecer com as meninas altas demais para a idade, não era muito graciosa, e ainda por cima usava óculos de lentes grossas. Apesar disso, minha namorada parecia achá-la uma gracinha. Dizia que tirava notas excelentes. Aliás, acho que as notas da minha namorada eram bem medíocres. Parecidas com as minhas.

Uma vez, fomos ao cinema os três juntos, nós dois e a irmã dela. Não recordo por quê, mas acabamos tendo que fazer isso. O filme era o musical *A noviça rebelde*. Lembro que o cinema estava lotado, então sentamos bem colados à gigantesca tela curva de 70 milímetros. Quando o filme acabou, meus olhos estavam exaustos. Mas minha namorada adorou o musical. Comprou a trilha sonora e ouvia sem parar. Pessoalmente, prefiro a versão de "My Favorite Things" feita por John Coltrane, que parece um encantamento, mas achei que dizer isso não levaria a nada, então nunca disse.

A irmã da minha namorada não parecia nutrir sentimentos muito positivos a meu respeito. Sempre que nos encontrávamos, me lançava um olhar estranhamente inexpressivo —

como o de alguém que avalia um peixe seco esquecido há muito tempo no fundo da geladeira para ver se ainda dá para comer. Eu sempre ficava constrangido. Não sei por quê, mas quando ela me olhava eu sentia como se estivesse ignorando minha aparência (que, verdade seja dita, não era digna de nota) e fitasse diretamente dentro de mim. Pode ser que eu só sentisse isso por ter, de fato, coisas vergonhosas a esconder.

O irmão eu só conheci bem mais tarde. Ele era quatro anos mais velho do que ela, então já devia ter passado dos vinte. Ela nunca nos apresentou, nem me falou nada a seu respeito. Se acontecesse de o nome dele surgir durante alguma conversa, sempre mudava habilmente de assunto. Pensando nisso hoje, talvez fosse um comportamento meio estranho, mas na época não liguei muito. Não tinha grande interesse pela família dela. O que me interessava eram coisas de outra natureza, coisas mais prementes.

Foi no final do outono de 1965 que conheci seu irmão e conversei com ele pela primeira vez.

Era um domingo e eu tinha ido à casa da minha namorada para encontrá-la. Geralmente, nós dizíamos que íamos estudar na biblioteca e saíamos para passear. Por isso, eu sempre levava alguns materiais de estudo na bolsa. Como um criminoso amador tentando garantir um álibi.

Naquela manhã, por mais que eu apertasse a campainha, ninguém respondia. Toquei muitas vezes, fazendo sempre uma pausa entre uma tentativa e outra, até que escutei alguém vindo lá de dentro, com passos tranquilos. Por fim, a porta se abriu. Era o irmão mais velho.

Ele era apenas um pouco mais alto do que eu, e meio gordo. Não exatamente flácido — mais como um atleta que precisa parar de treinar por algum motivo e acaba ganhando peso em certas partes do corpo. Tinha ombros largos e um pescoço desproporcionalmente comprido e fino. Seu cabelo estava todo bagunçado, como se ele tivesse acabado de se levantar, os fios grossos ouriçados em todas as direções. Parecia estar pelo menos umas duas semanas atrasado para uma visita ao barbeiro — seus cabelos longos já escondiam as orelhas. Ele usava um suéter azul-marinho com a gola redonda já frouxa e calças de moletom folgadas na altura dos joelhos. Completamente diferente da minha namorada, sempre penteada e vestida com esmero.

Apertando os olhos, ele me fitou por um momento, como um animal que há tempos não via a luz do sol.

— Ahn... Você deve ser amigo da Sayoko, não é? — perguntou, antes que eu dissesse qualquer coisa. Em seguida, limpou a garganta. Sua voz parecia sonolenta, mas tive a impressão de que continha certa curiosidade.

— Isso mesmo — respondi, e me apresentei. — Fiquei de encontrá-la aqui às onze...

— Ela não tá em casa, não — disse ele.

— Não tá? — repeti suas palavras.

— É, deve ter saído pra algum lugar. Não tá aqui.

— Mas nós combinamos que eu viria buscá-la às onze...

— Sei — disse o irmão, e ergueu os olhos para a parede ao lado, como se checasse um relógio. Mas não havia relógio algum ali. Apenas uma parede coberta de gesso branco. Ele foi obrigado a olhar de volta na minha direção. — Bom, vocês podem até ter combinado, mas o fato é que ela não tá em casa.

Eu não sabia o que fazer. O irmão, pelo visto, também não. Bocejou devagar e coçou a parte posterior da cabeça. Seus gestos tinham algo de modorrento.

— Pelo jeito não tem ninguém — disse ele. — Acordei agora há pouco e a casa tava vazia. Acho que todo mundo saiu, mas não sei pra onde.

Fiquei calado.

— Meu pai deve ter ido jogar golfe, e minhas irmãs podem ter ido passear. Mas minha mãe também não estar é meio estranho. Não acontece muito.

Abstive-me de opinar. Era um assunto de família.

— Mas se a Sayoko combinou com você, deve voltar logo — disse o irmão. — Entra aí e espera.

— Não quero incomodá-lo. Vou dar uma volta e mais tarde passo aqui — falei.

— Não é incômodo nenhum — cortou ele. — Pra mim, dá mais trabalho se você tocar a campainha e eu tiver que vir abrir a porta de novo. Entra e espera, vai.

Resignado, entrei na casa, e ele me levou até a sala de estar. A sala com o sofá onde eu a abraçara durante o verão, e onde agora voltava a me sentar. Ele se jogou na poltrona à minha frente e deu um longo bocejo.

— Você é amigo da Sayoko, certo? — perguntou mais uma vez, como se para se certificar.

— Sim — respondi.

— Não da Yuko?

Balancei a cabeça. Yuko era a irmã mais nova, a menina alta.

— É legal namorar a Sayoko? — perguntou ele, me examinando com curiosidade.

Eu não soube como responder, então fiquei em silêncio. Mas ele continuou esperando a resposta.

— Sim, eu acho divertido… — respondi, tateando em busca de uma resposta razoável.

— É divertido, mas não é legal?

— Não, não é isso… — comecei, mas não soube continuar.

— Bom, deixa quieto — disse ele. — Vai ver nem tem grande diferença entre ser divertido e legal. Me diz, você já tomou café da manhã?

— Sim, já comi.

— Vou fazer uma torrada, quer?

— Não, obrigado — respondi.

— Mesmo?

— Mesmo.

— E um café?

— Não, obrigado.

Eu até gostaria de tomar um café, mas a ideia de continuar interagindo com alguém da família dela, ainda mais em sua ausência, me deixou desconfortável.

Ele se levantou e saiu da sala sem dizer mais nada. Deve ter ido para a cozinha preparar o café da manhã. Depois de alguns instantes ouvi barulho de louça.

Fiquei sentado no sofá, com as duas mãos sobre os joelhos, numa pose apropriada caso alguém me visse, e esperei por ela, calado. O relógio marcava 11h15.

Fiz um esforço de memória, tentando me lembrar se realmente havia combinado de vir buscá-la às onze horas. Por mais que eu pensasse, o dia e a hora estavam certos. Havíamos nos falado na noite anterior. E ela não era do tipo irresponsável que esquece ou ignora o que foi combinado. Além do mais, o fato de toda a família sair em uma manhã de domingo e largar apenas o irmão em casa era meio estranho.

Sem entender o que tinha acontecido, fiquei sentado ali sozinho, esperando em silêncio o tempo passar. Ele avançava com uma lentidão terrível. De vez em quando eu escutava algum barulho vindo da cozinha. O som da torneira se abrindo, uma colher se chocando com a louça, uma porta de armário abrindo, fechando. Mas, fora isso, não se ouvia ruído algum. O vento não soprava, cachorros não latiam. Como uma lama invisível, o silêncio bloqueava meus tímpanos, e tive de engolir saliva algumas vezes para desobstruí-los.

Eu queria poder escutar alguma música. "Theme from *A Summer Place*", "Edelweiss", "Moon River", qualquer coisa. Eu não seria exigente, qualquer música serviria. Só que eu não podia sair mexendo no aparelho de som dos outros. Olhei ao redor em busca de algo para ler, mas não vi nenhum jornal ou revista. Procurei dentro da bolsa. Embora sempre carregasse pelo menos um livro, justo naquele dia havia saído sem nenhum.

O melhor que encontrei nas minhas coisas foi a apostila de leituras suplementares da aula de língua japonesa e literatura. Resignado, tirei-a da bolsa e folheei as páginas. Eu não diria que era um grande leitor, daqueles que leem de forma sistemática e com atenção. Na verdade, era mais do tipo que não sabe passar o tempo sem ter algo para ler. Não conseguia ficar sentado imóvel, sem fazer nada. Precisava ou virar as páginas de um livro ou escutar alguma música. Se não tivesse nenhum livro por perto, pegava qualquer coisa impressa que estivesse ao alcance das mãos. Poderia ler a lista telefônica ou o manual de um ferro de passar. Em comparação, a apostila de leituras suplementares da aula de língua japonesa e literatura era um excelente material de leitura.

Folheei as páginas da apostila de maneira aleatória, lendo os trechos de ficção ou ensaios selecionados. Havia ali algumas obras de escritores estrangeiros, mas a maior parte era de autores japoneses modernos ou contemporâneos, uma seleção de trabalhos famosos de escritores como Ryunosuke Akutagawa, Junichiro Tanizaki ou Kobo Abe. Com algumas exceções, a maioria eram trechos de obras mais longas. E, no final de cada um dos textos, havia uma série de questões — quase todas, como seria de esperar, completamente despropositadas. Por "questão despropositada" me refiro a perguntas cuja resposta seria difícil (ou impossível) de avaliar como correta ou equivocada. Duvido que o próprio autor de cada um dos textos fosse capaz de julgá-las.

Coisas do tipo: "Que postura do autor em relação à guerra vemos expressa nesta obra?", ou "Qual o efeito simbólico da maneira como o autor descreve as diferentes fases da lua?". Você pode responder a essas questões como bem entender. Dizer que a descrição das fases da lua não é nada mais do que a descrição das fases da lua, que não possui efeito simbólico algum, e ninguém poderia afirmar que tal resposta esteja errada. É claro que deve haver respostas "relativamente sensatas" — uma espécie de máximo divisor comum —, mas, quando se trata de literatura, não sei se "relativamente sensato" deveria ser considerado uma qualidade muito positiva.

Apesar de tudo, para matar o tempo, fui inventando respostas para cada uma das perguntas. E, na maioria das vezes, o que brotava na minha cabeça — na agonia constante que é o processo de tentar alcançar a maturidade emocional — eram respostas um tanto insensatas, mas não necessariamente erradas. Talvez essa minha tendência fosse um dos motivos pelos quais meu histórico escolar não era muito admirável.

Eu estava nesse processo quando o irmão de Sayoko voltou para a sala. Ele continuava descabelado, os fios espetados em todas as direções, mas seus olhos não pareciam mais tão sonolentos, talvez porque tivesse comido alguma coisa. Ele trazia na mão uma caneca de café pela metade. Uma caneca grande e branca, com a imagem de um biplano alemão da Primeira Guerra Mundial, com duas metralhadoras na frente da cabine do piloto. Devia ser uma caneca só dele, pois eu não conseguia imaginar minha namorada tomando qualquer coisa nela.

— Tem certeza que você não quer um café? — ele perguntou.

Fiz que não com a cabeça.

— Não quero mesmo, obrigado.

Ele tinha migalhas de pão no suéter e nos joelhos das calças de moletom. Devia estar morto de fome e ter se refestelado com as torradas sem nem se preocupar com a sujeira. Imaginei que essa característica dele devia enervar minha namorada, que estava sempre limpa e arrumada. Eu também gostava de estar limpo e arrumado, então nesse aspecto acho que nos entendíamos bem.

O irmão de Sayoko ergueu os olhos para a parede. Dessa vez havia mesmo um relógio. Os ponteiros se aproximavam das 11h30.

— Ela tá demorando... Onde será que se meteu?

Eu não disse nada.

— O que você tá lendo? — ele perguntou, apontando para o livro em minhas mãos.

— É a apostila de leitura suplementar da escola.

— Hum... — disse ele, franzindo o cenho. — E é legal?

— Não muito, mas eu não tinha mais nada para ler.

— Posso dar uma olhada?

Passei o livro para ele por cima da mesa de centro. Ele o pegou com a mão direita, a esquerda ainda segurando a caneca. Fiquei preocupado que derramasse café no livro, o que parecia muito provável, considerando a atmosfera geral. Mas isso não aconteceu. Ele apoiou ruidosamente a caneca no tampo de vidro da mesa, segurou o livro com ambas as mãos e começou a virar as páginas.

— E aí, que pedaço você tava lendo?

— Um conto do Akutagawa, "Rodas dentadas". Mas a apostila não traz o texto completo, só uma parte.

Ele pensou um pouco.

— Eu nunca li direito "Rodas dentadas". Li "Kappa", há muito tempo. "Rodas dentadas" é um texto bem pesado, né?

— É, ele escreveu logo antes de morrer.

— Ele se suicidou, não foi?

— Foi — respondi. Akutagawa se suicidou aos trinta e cinco anos, por overdose de barbital. "Rodas dentadas" foi publicado postumamente em 1927, informava minha apostila. O texto era quase uma carta de suicídio.

— Sei... — disse o irmão da minha namorada. — Não quer ler um pedaço pra mim?

Surpreso, olhei para ele.

— Em voz alta?

— É, eu sempre gostei de ouvir as pessoas lendo. Ler sozinho não é o meu forte.

— Não sou muito bom em leitura em voz alta.

— Não tem problema. Pode ser ruim, não ligo. É só você ir lendo o que está escrito. De qualquer jeito a gente não tem mais nada pra fazer agora...

— Mas olha, é uma história neurótica e deprimente.

— Às vezes é bom ouvir esse tipo de coisa. Como dizem por aí: veneno se cura com veneno.

Ele me devolveu o livro por cima da mesa, pegou a caneca do biplano alemão com a cruz de ferro e tomou um gole de café. Depois se afundou no encosto da poltrona e esperou que eu começasse a ler.

E assim, numa manhã de domingo, acabei lendo um trecho de "Rodas dentadas", de Ryunosuke Akutagawa, para o excêntrico irmão da minha namorada. Fiz isso por obrigação, mas ainda assim com certo entusiasmo. A apostila reproduzia as duas seções finais do conto, "Luz vermelha" e "Avião", mas li apenas a segunda. Tinha umas oito páginas. A última linha dizia: "Alguém poderia me estrangular em silêncio, enquanto durmo?". Depois de escrever isso, Akutagawa se suicidou.

Li até o fim sem que ninguém da família chegasse. O telefone não tocou, os corvos não grasnaram. O ambiente estava no mais absoluto silêncio. Através das cortinas de renda o sol de outono clareava a sala. Apenas o tempo seguia adiante, de forma lenta, mas inexorável. O irmão da minha namorada permaneceu de olhos cerrados e braços cruzados, como se a apreciar minha leitura.

Já não me restam forças para continuar escrevendo. Viver assim é uma tortura indescritível. Alguém poderia me estrangular em silêncio, enquanto durmo?

Preferências pessoais à parte, certamente não era a obra mais adequada para se ler numa manhã ensolarada de domingo. Fechei o livro e verifiquei o relógio na parede. Passava um pouco do meio-dia.

— Deve ter sido algum mal-entendido — falei. — Acho que vou embora — prossegui, começando a me levantar do sofá. Minha mãe sempre insistiu que não se devia ficar na casa dos outros na hora das refeições. O tipo de regra que, para bem ou para o mal, acabou se tornando um condicionamento para mim.

— Bom, mas você já veio até aqui, porque não espera mais uma meia hora? — disse o irmão de Sayoko. — Se em meia hora ela não voltar, aí você vai.

Ele disse isso de maneira tão natural que interrompi meu movimento e voltei a me sentar. Pousei mais uma vez as duas mãos sobre o joelho.

— Você lê bem em voz alta — disse ele, parecendo admirado. — Nunca te falaram isso?

Balancei a cabeça. Ninguém jamais havia me dito que eu lia bem.

— Pra conseguir ler desse jeito tem que entender bem o conteúdo. Principalmente o fim, foi ótimo.

— Ah — respondi de maneira vaga, sentindo a face corar. Fiquei desconfortável, como se estivesse sendo elogiado por algo que não era motivo de elogio. Pelo jeito como as coisas estavam andando, seria obrigado a passar mais meia hora naquela conversa. Ele parecia precisar de alguém com quem falar.

Ele juntou as palmas das mãos diante do corpo, como numa prece, e de repente disse:

— É uma pergunta esquisita, mas já aconteceu da sua memória falhar?

— Da minha memória falhar?

— É, quero dizer, de você não conseguir de jeito nenhum lembrar onde estava e o que estava fazendo entre um momento e outro.

Balancei a cabeça.

— Acho que não.

— Você se lembra direitinho de tudo que fez, em ordem cronológica?

— Bem, acho que das coisas recentes eu consigo me lembrar, no geral.

— Hum — murmurou ele, e coçou a parte de trás da cabeça por um tempo. Em seguida, acrescentou: — Acho que é o normal, né?

Permaneci calado, esperando que ele prosseguisse.

— Para falar a verdade, é que já me aconteceu algumas vezes de a memória desaparecer completamente. Ela se interrompe às três da tarde, por exemplo, e, quando dou por mim, já são sete e não faço a menor ideia do que fiz nessas quatro horas. E não é que tenha acontecido alguma coisa, tipo eu bater a cabeça ou encher a cara, não é isso. Eu estou só vivendo a vida normalmente, e aí, do nada, minha memória some. Não consigo prever quando vai acontecer. Também não sei quantas horas ou dias a amnésia vai durar.

— Entendi — murmurei, apenas para dizer algo.

— Imagina, por exemplo, que você gravou uma sinfonia do Mozart numa fita cassete. E aí, quando você vai ouvir, a música pula do meio do segundo movimento para o meio do terceiro, e o meio desapareceu. Assim, não é que fica um espaço em silêncio, sem som. Ele só pula, *plim*: o amanhã de hoje é depois de amanhã. Você está entendendo?

— Acho que sim — respondi sem convicção.

— Se for numa música, isso é chato, mas bom, não tem tanto problema. Só que, na vida real, é bem complicado... Dá pra entender, né?

Fiz que sim com a cabeça.

— É como se eu fosse até o lado escuro da Lua e voltasse de mãos abanando.

Concordei mais uma vez, embora não tivesse entendido muito bem a analogia.

— Dizem que é uma doença genética, que é raro alguém ter sintomas assim tão evidentes, mas acontece de uma pessoa em não sei quantas dezenas de milhares nascer com essa propensão. Varia um pouco de uma pra outra. Quando eu tinha uns quinze anos fui num psiquiatra de um hospital universitário. Minha mãe me levou, sabe. A doença tem nome e tudo o mais. Mas é um nome tão comprido que parece piada, então já esqueci faz tempo. Quem será que inventa esses troços?

Ele se calou por um momento, depois recomeçou a falar.

— É um distúrbio na organização das memórias. Então uma parte delas — usando a comparação de antes, uma parte da sinfonia de Mozart — vai parar em alguma gaveta errada. E, uma vez que tenha ido pra gaveta errada, é dificílimo encontrar de novo. Impossível, na verdade. Foi o que me explicaram. Não é uma doença grave, não tem risco de vida e nem vai te deixando maluco com o tempo, nada disso, mas é inconveniente no dia a dia. Aí me contaram o nome gigante e deram um remédio pra eu tomar todo dia, mas você acha que ajuda? É só um placebo.

O irmão de Sayoko parou de falar e examinou minha expressão, para ver se eu estava compreendendo. Como alguém que espia o interior de uma casa pela janela. Depois falou:

— Por enquanto isso só me acontece uma ou duas vezes por ano, não é assim tão frequente, mas o problema não é a frequência, sabe. O problema é que uma coisa assim traz inconvenientes *concretos* na vida. Para quem tem a doença, o fato desse tipo de amnésia poder acontecer, mesmo que seja só *às vezes*, e de você não saber quando, é um baita problema. Você entende, não entende?

— Aham — respondi vagamente. Estava fazendo um enorme esforço para acompanhar aquele relato pessoal que ele desembestara a fazer.

— Mas, por exemplo, digamos que nessa hora em que minha memória se escafedeu, eu pegasse um martelo e desse na cabeça de alguém que eu não gosto. Não é simplesmente uma questão de "ser meio chato", né?

— Imagino que não.

— Certamente viraria assunto de polícia, e ninguém ia acreditar se eu explicasse que na verdade não tinha nenhuma lembrança do acontecido.

Fiz que sim com a cabeça, incerto.

— Por que, de fato, tem uns caras de quem eu não gosto, sabe? Uns caras que não me descem. Meu pai é um deles. Mas no meu estado normal eu não vou sair dando com um martelo na cabeça do meu pai, né. Tenho meus limites, claro. Só que eu mesmo nem sei bem do que sou capaz durante essas falhas de memória, entende?

Sem dizer nada, apenas balancei de leve a cabeça.

— O médico disse que não tinha esse perigo. Que durante essas amnésias não é como se alguma outra pessoa tomasse conta de mim. Não é aqueles negócios de múltipla personalidade, tipo Jekyll e Hyde. Continuo sendo eu mesmo, o tempo todo, mesmo nas horas em que minha memória se quebra. Sou a mesma pessoa e ajo de maneira perfeitamente normal, é só a gravação que pula, do meio do segundo movimento para o meio do terceiro. E que então não ia acontecer nada disso de eu pegar um martelo e bater em alguém. Que eu continuaria mantendo meus limites, agindo com certa sensatez. Mozart não vira Stravinsky, assim sem mais nem menos. Mozart continua sendo sempre Mozart, é só que, no fim, a gravação foi parar numa gaveta errada.

Ele parou de falar e tomou mais um gole da caneca. Bem que eu queria um pouco de café também.

— Mas isso foi só o que o médico disse, afinal. Sei lá se posso confiar no que eles dizem. Então no ensino médio eu passava o tempo todo preocupado, pensando se eu não ia afundar a cabeça de algum colega com um martelo sem nem saber. Nessa idade, a gente já não conhece tão bem a si mesmo, pra começo de conversa. Se botar na equação um troço enrolado tipo a amnésia, não tem condições! Não é?

Concordei em silêncio. Acho que ele tinha razão.

— Aí, com tudo isso, fui parando de ir pra escola — continuou o irmão da minha namorada. — Quanto mais eu pensava, mais medo sentia de mim mesmo, e no fim não conseguia ir. Aí minha mãe explicou a situação pros professores, eles abriram uma exceção e consegui me formar apesar de ter muitas faltas. Da parte deles, também deviam querer se livrar o mais cedo possível de um aluno assim, cheio de problemas. Só que não fui fazer faculdade. Minhas notas não eram tão ruins, acho que eu teria conseguido entrar em algum lugar, mas não me senti seguro pra ir sozinho pro mundo. E aí é isso, desde então eu fico em casa, assim, enrolando. Praticamente não ponho o pé pra fora. No máximo levo o cachorro pra passear aqui em volta. Mas tenho a impressão de que aos poucos meu medo está melhorando. Quando estiver um pouco mais tranquilo, devo ir fazer alguma faculdade...

Ele se calou, e eu também fiquei em silêncio, porque não sabia o que dizer. Tornou-se um pouco mais claro para mim porque minha namorada não gostava muito de falar sobre o irmão.

— Obrigado por ler para mim — disse ele. — É bem bom, esse "Rodas dentadas". É pesado, certeza, mas tem vários pedaços que me tocaram — disse ele. — Não quer café, mesmo? Faço num minuto.

— Não precisa, obrigado. Já vou indo daqui a pouco.

Ele voltou a olhar para o relógio na parede.

— Espera até 12h30, se ninguém aparecer você vai. Vou pro meu quarto lá em cima, então pode sair sozinho. Não se incomode comigo.

Fiz que sim com a cabeça.

— É legal namorar a Sayoko? — ele voltou a perguntar. Voltei a fazer que sim com a cabeça.

— É.

— O que você acha legal?

— O fato de haver várias partes dela que eu não conheço — respondi. Acho que foi uma resposta sincera.

— Hum... — disse ele, pensativo. — Pode ser, mesmo. Ela é minha irmã, temos o mesmo sangue, compartilhamos os genes e vivemos na mesma casa a vida toda, mas mesmo assim tem muitas coisas nela que eu não entendo. Como posso dizer... não entendo muito bem a natureza dela, como pessoa. Então, se você puder entender por mim, fico feliz. Quer dizer, vai ver tem umas partes que é melhor continuar não entendendo mesmo.

Ele se levantou na cadeira, caneca na mão.

— Bem, boa sorte — disse. Então acenou com a mão livre e saiu da sala.

— Obrigado — respondi.

O relógio chegou às 12h30 sem que houvesse sinal de qualquer um voltando para casa, então fui sozinho até a porta, calcei os sapatos e saí. Caminhei até a estação, passando diante do bosque, entrei no trem e voltei para casa. Era uma tarde outonal de domingo, tão silenciosa que chegava a ser estranho.

Depois das duas da tarde, recebi um telefonema da minha namorada.

— Foi no domingo *da semana que vem* que a gente combinou de você vir! — ela me disse. Eu não estava muito convencido, mas, se ela afirmava com tanta convicção, talvez estivesse certa. Eu devia ter me confundido. Não protestei, só me desculpei por ido até a casa dela no dia errado.

Mas preferi não mencionar que havia conversado com seu irmão — quer dizer, não fora bem uma conversa, eu só o escutara falar — enquanto esperava. Nem que havia lido "Rodas dentadas" para ele, nem que ele me contara que sofria de uma doença que causava amnésias ocasionais. Senti que talvez fosse melhor deixar o assunto quieto. Além disso, uma espécie de intuição me dizia que ele não tinha contado nada disso a ela. Se ele mesmo não dissera nada, não havia por que eu contar.

Só fui reencontrar o irmão da minha namorada uns dezoito anos depois. Era meados de outubro. Eu tinha trinta e cinco anos e estava vivendo em Tóquio. Fiz faculdade lá e acabei ficando na cidade depois de me formar, sempre correndo com o trabalho, praticamente não voltava para Kobe.

Era quase final da tarde e eu estava subindo uma ladeira em Shibuya, para buscar um relógio de pulso no conserto. Caminhava distraído, pensativo, quando um homem que acabara de cruzar comigo me chamou às minhas costas.

— Com licença — disse ele. Pela entonação, não tive dúvida de que era da região de Kansai. Parei, me voltei e vi um desconhecido. Talvez fosse um pouco mais velho que eu. Também um pouco mais alto. Vestia um paletó grosso de tweed cinza, suéter bege de gola redonda e calças de sarja marrons. O cabelo era raspado curto, físico de atleta. Estava queimado de sol (parecia um bronzeado de golfista) e tinha um rosto simpático, apesar das feições um pouco rústicas. Talvez se pudesse dizer que era um homem bonito. Parecia levar uma vida plena. Devia ser de boa família.

— Não consigo me lembrar do seu nome, mas por acaso você não namorou minha irmã? — perguntou ele.

Voltei a examinar seu rosto, mas não consegui me lembrar dele.

— A sua irmã?

— A Sayoko — disse ele. — Acho que ela era da sua turma no ensino médio.

Nesse momento, reparei que havia uma pequena mancha em seu suéter, na altura do peito, talvez de molho de tomate. Como ele estava muito bem arrumado, a mancha se destacava como um corpo estranho. Então me lembrei de súbito do jovem de vinte e um anos com olhos sonolentos e suéter azul-marinho de gola frouxa coberto de migalhas. Esse tipo de hábito ou propensão não desaparece facilmente, mesmo com o passar dos anos.

— Ah, agora me lembro! — falei. — Você é irmão da Sayoko. Nos encontramos um dia na sua casa, certo?

— Isso, você leu para mim as "Rodas dentadas", do Akutagawa.

Ri.

— Não acredito que você me reconheceu no meio dessa multidão! Nos vimos apenas uma vez, há tanto tempo…

— Não sei por quê, mas quando conheço uma pessoa nunca mais esqueço do seu rosto. Sempre tive boa memória para isso. Além do mais, você praticamente não mudou.

— Já você parece ter mudado bastante! — falei. — Está com um ar diferente.

— Bem, aconteceram muitas coisas desde então… — disse ele, sorrindo. — Como você sabe, durante um período andei um bocado mal.

— E a Sayoko, como está?

Ele desviou o olhar, sem jeito, inspirou lentamente e em seguida expirou. Como se medisse a densidade do ar ao redor.

— É meio estranho falar assim no meio da rua, não quer sentar para conversar um pouco em algum lugar? Se não estiver com pressa... — disse ele. Respondi que não tinha nenhum compromisso urgente.

— A Sayoko faleceu — começou ele, com a voz tranquila. Estávamos sentados cada um de um lado de uma mesa de plástico em um café ali perto.

— Faleceu?

— É, morreu. Faz três anos.

Fiquei sem palavras por um tempo. Tive a sensação de que minha língua crescia dentro da boca. Tentei engolir a saliva acumulada, mas não consegui.

Sayoko tinha vinte anos da última vez que nos vimos. Acabara de tirar a carteira de motorista e me levou até o topo do monte Rokko em um Toyota Crown Hardtop que pertencia a seu pai. Ainda estava um pouco apreensiva na direção, mas parecia felicíssima ao volante. O rádio do carro tocava uma canção dos Beatles, como não poderia deixar de ser. Lembro bem disso. Era "Hello, Goodbye". *You say goodbye, and I say hello.* Como eu já disse, naquela época os Beatles estavam por toda parte, nos envolvendo como um papel de parede.

Era difícil acreditar que aquela menina que dirigia o carro agora havia morrido e virado cinzas, já não estava mais neste mundo. Não sei como dizer, mas me pareceu absolutamente irreal.

— Morreu? Como? — perguntei com a voz seca.

— Ela se suicidou — disse ele, escolhendo as palavras com cuidado. — Aos vinte e seis anos se casou com um colega da empresa de seguros onde trabalhava e teve dois filhos, mas depois tirou a própria vida. Tinha só trinta e dois anos.

— E deixou as crianças?

O irmão da minha ex-namorada assentiu com a cabeça.

— O mais velho é menino, e a mais nova, menina. O pai está cuidando deles. Eu também vou visitar toda hora. São crianças muito boazinhas.

Eu era incapaz de aceitar essa realidade. Sayoko, minha ex-namorada, tinha se matado e deixado para trás duas crianças ainda pequenas?

— Mas por quê?

Ele balançou a cabeça.

— Então, ninguém sabe o motivo. Na época ela não dava nenhum sinal de estar deprimida ou enfrentando alguma questão. Não tinha problemas de saúde, parecia bem com o marido, gostava dos filhos. E não deixou nenhum tipo de bilhete, nada. Veio juntando os remédios para dormir que o médico receitou e tomou tudo de uma vez. Foi um suicídio planejado. Como guardou os remédios aos poucos, já fazia uns seis meses que pretendia morrer. Não foi uma coisa impulsiva.

Fiquei calado por um longo tempo. Ele também. Cada um mergulhado nos próprios pensamentos.

Naquele dia, num café no topo do monte Rokko, eu e minha namorada terminamos. Eu tinha ido estudar em uma universidade em Tóquio e me apaixonado por outra menina, sem querer. Tomei coragem e contei isso a ela, que praticamente não disse nada; apenas pegou a bolsa, se levantou e saiu sem olhar para trás.

Precisei tomar o funicular para descer da montanha. Ela deve ter voltado dirigindo o Toyota Crown. Estava um dia incrivelmente bonito, lembro que da janela do funicular dava para ver toda a cidade de Kobe. Era uma vista linda. Mas aquela não era mais a cidade familiar de sempre.

Foi a última vez que vi Sayoko. Depois disso ela se formou na faculdade, arranjou um emprego em uma grande seguradora, se casou com um colega de trabalho, teve dois filhos e por fim tirou a própria vida tomando um monte de remédios para dormir.

Acho que, mais cedo ou mais tarde, acabaríamos nos separando. Apesar disso, me lembro com ternura dos anos que passamos juntos. Sayoko foi minha primeira namorada, e eu gostava dela. Também foi ela quem me mostrou (em linhas gerais) como era o corpo feminino. Juntos, tivemos muitas experiências novas. Compartilhamos momentos maravilhosos que talvez só seja possível viver durante a adolescência.

No entanto, por mais difícil que seja dizer isso agora, ela não fazia soar o guizo no fundo dos meus ouvidos. Escutei com muita atenção, mas nunca o ouvi. Infelizmente. A mulher que conheci em Tóquio sem dúvida o fez retinir. Isso não é algo que se possa controlar segundo a lógica ou a ética. É uma coisa espontânea, que ocorre nas profundezas da consciência, ou da alma, e é impossível mudar por força da vontade.

— Sabe — disse o irmão da minha namorada —, jamais havia me ocorrido a possibilidade de Sayoko algum dia se suicidar. Eu nem cogitava. Achava que mesmo que todas as pessoas do mundo se matassem juntas, ela seguiria vivendo, firme. Ela nunca me pareceu o tipo que carregasse sozinha alguma desilusão ou angústia. Falando com todas as letras, eu achava ela superficial. Desde quando éramos pequenos, nunca liguei muito para ela, e acho que ela também não ligava muito para mim. Talvez possa dizer que a gente não sacava muito bem o que o outro estava sentindo. Eu me dava melhor com a minha irmã caçula. Mas hoje me arrependo profundamente, acho que errei com ela. Talvez eu não a entendesse bem. Talvez não compreendesse absolutamente nada sobre ela. Estava com a cabeça cheia demais com as minhas próprias questões. De qualquer maneira acho que alguém como eu não seria capaz de salvar a vida da minha irmã, mas no mínimo eu poderia tentar compreender algo dela. Compreender o que quer que a tenha levado em direção à morte. Hoje em dia isso me dói muito. Quando penso como fui arrogante, como fui egoísta, meu peito parece que vai arrebentar.

Não havia nada que eu pudesse dizer. Eu provavelmente não havia compreendido nada sobre ela também. Assim como ele, devia estar preocupado demais com as minhas próprias questões.

— No "Rodas dentadas" do Akutagawa, que você leu aquela vez — disse o irmão da minha ex-namorada —, tinha um negócio sobre os aviadores... Que depois de respirar muito tempo em altitudes elevadas, começam a não suportar mais a atmosfera na superfície, não era? Um negócio chamado "doença da aviação". Não sei se isso existe de verdade ou não, mas lembro desse trecho até hoje.

— E aquela sua doença, a das falhas de memória, passou? — perguntei. Talvez para me afastar da questão envolvendo Sayoko.

— Ah, aquilo? — disse ele, estreitando os olhos. — É estranho, mas um belo dia parou de acontecer. Os médicos tinham dito que, por ser uma doença genética, poderia avançar com o tempo, mas que não havia possibilidade de cura. Só que ela passou assim de repente, como se não fosse nada. Como um demônio deixando meu corpo.

— Que bom! — falei. Realmente fiquei feliz por ele.

— Acho que não foi muito depois daquela nossa conversa. Não tive mais amnésia. Aí fiquei mais tranquilo, consegui entrar numa faculdade decente, me formar, e agora herdei a empresa do meu pai. As coisas saíram do trilho por alguns anos, mas hoje levo uma vida comum.

— Que bom — repeti. — Então no fim das contas você nunca deu com um martelo na cabeça do seu pai.

— Você se lembra de cada detalhe! — disse ele, rindo. — Mas é muito estranho, eu vir para Tóquio por acaso, para uma coisa de trabalho, e te encontrar assim no meio da rua, numa cidade desse tamanho. Só consigo pensar que alguma coisa nos colocou no mesmo lugar.

— É mesmo — falei.

— E você, o que tem feito? Mora aqui faz tempo?

Contei a ele que havia me casado logo depois da faculdade e morava em Tóquio desde então, e que agora trabalhava como escritor.

— Escritor, é?

— É, bom…

— Entendi. Falando nisso, você realmente leu muito bem aquele texto — disse ele, convicto. — E… talvez ouvir isso seja um peso, mas acho que foi de você que a Sayoko mais gostou.

Eu não disse nada. O irmão da minha ex-namorada também não.

E assim nos separamos. Depois disso fui buscar meu relógio no conserto e o irmão da minha ex-namorada se afastou devagar pela ladeira, em direção à estação de Shibuya. Suas costas cobertas de tweed foram tragadas pela multidão do fim de tarde.

Foi a última vez que o vi. Nos encontramos duas vezes, levados pelo acaso. E, com um intervalo de quase vinte anos, em cidades distantes seiscentos quilômetros uma da outra, separados por uma mesa, tomando café, falamos sobre certas coisas. Não foram os assuntos corriqueiros de um cafezinho.

Havia ali uma sugestão de algo mais, algo significativo em nossa ação de continuar vivendo. Mas, no fim das contas, não passava de uma sugestão ocasional, criada pelo acaso. Não havia nenhum elemento que nos unisse de maneira orgânica para além disso.

Questão: Qual aspecto da vida dos dois personagens é sugerido simbolicamente por esses dois encontros e diálogos entre eles?

Também nunca mais encontrei aquela linda menina que abraçava o LP *With the Beatles*. Será que ela continua caminhando por aquele corredor escuro de 1964, agitando a barra da saia? Ainda com dezesseis anos, apertando contra o peito o precioso disco com a foto em preto e branco de John, Paul, George e Ringo?

Coletânea de poemas Yakult Swallows

Quero deixar claro já de saída: gosto de beisebol. E o que mais gosto é de ir até o estádio para ver a partida ao vivo, com meus próprios olhos. Vou de boné e levo uma luva para tentar pegar uma bola fora, se estiver nos assentos internos, ou um *home run*, se estiver nos externos. Não gosto tanto de assistir aos jogos transmitidos pela TV. Quando vejo pela televisão, passo o tempo todo com a sensação de que estou perdendo alguma coisa, a parte mais importante. Fazendo um paralelo com o sexo, eu diria que... não, deixa pra lá. O fato é que no beisebol transmitido pela tela falta aquilo que realmente me alegra. Sempre fico com essa impressão, mas, se me mandassem listar os motivos para isso, não saberia fazê-lo.

Falando mais precisamente, sou fã do Yakult Swallows. Não chegaria a dizer que sou fanático, um fã muito devotado, mas acho que posso dizer que sou bastante fiel. No mínimo, já são muitos e muitos anos torcendo por esse time. Frequento o estádio Jingu desde que o time se chamava Sankei Atoms. Cheguei mesmo a morar perto do estádio só por causa disso. Na verdade, até hoje é assim. Quando vou procurar um imóvel em Tóquio, poder ir a pé até o Jingu é um fator importantíssimo. E claro que tenho vários uniformes e bonés do time.

O estádio Jingu sempre foi um lugar sereno e modesto, nunca atraiu uma quantidade muito admirável de pessoas. Se me permitem ser mais direto, está quase sempre às moscas. É raríssimo você chegar lá e encontrar os ingressos esgotados; só se for uma situação muito excepcional. E por "situação excepcional" quero dizer que as chances são as mesmas de você sair para caminhar à noite e se deparar, por acaso, com um eclipse lunar. Ou encontrar um gato macho de três cores muito amigável na praça da vizinhança. Para ser sincero, até gosto dessa baixa densidade populacional. Desde criança tenho aversão a lugares lotados.

No entanto, também não vou dizer que comecei a torcer para o Yakult Swallows só porque o estádio está sempre deserto. Seria muita maldade com o time. Pobre Swallows. Pobre Jingu. Afinal, a arquibancada do time visitante quase sempre lota antes dos assentos do time da casa. Acho que você pode procurar no mundo todo, não deve haver outro estádio assim.

Então por que é que comecei a torcer por um time como esse? Qual foi o longo e tortuoso percurso que fez de mim um torcedor persistente do Yakult Swallows e do estádio Jingu? Que universo atravessei para escolher como regente uma estrela tão frágil, de luz tão tênue, cuja posição no firmamento leva tanto tempo para encontrar? Se eu entrar nesse assunto teremos uma história comprida, mas, já que estamos aqui, acho que vou contar um pouco dela. Quem sabe isso sirva como uma breve biografia, um registro de quem eu sou.

Nasci em Kyoto, mas logo depois me mudei para Kobe, onde vivi até os dezoito anos. Em Shukugawa e Ashiya. Sempre que tinha um tempinho pegava a bicicleta, ou às vezes o trem da linha Hanshin, e ia ver algum jogo no estádio Koshien. Nos primeiros anos da escola já entrei para a Associação Amigos dos Hanshin Tigers, como seria de esperar (quem não fizesse parte dela sofria bullying dos colegas).

Não importa o que digam, o estádio Koshien é o mais bonito do Japão. Apertando o ingresso na mão, eu entrava por uma das portas cobertas de hera e subia correndo a escada de concreto, na penumbra. E então, quando a grama natural do jardim externo irrompia diante dos meus olhos e eu me via de repente diante daquele mar de verde brilhante, meu peito de menino se agitava numa balbúrdia. Como se um bando de anõezinhos praticasse bungee-jump no interior das minhas pequenas costelas.

O uniforme ainda imaculado dos jogadores fazendo o aquecimento de defesa no campo, a bola tão branca e reluzente que chegava a ferir o olhar, o som prazeroso do taco acertando em cheio a bola. Os gritos agudos dos vendedores de cerveja, o placar em branco antes do início da partida — dá para antecipar tudo que vai acontecer em breve, a profusão de exclamações, suspiros e gritos de raiva. Sim, foi dessa maneira que assistir a um jogo de beisebol e ir até o estádio se tornaram uma só coisa dentro de mim.

Por isso, quando deixei a região de Hanshin, aos dezoito anos, para fazer faculdade em Tóquio, achei muito natural começar a torcer pelo Sankei Atoms no estádio Jingu. Para mim, essa era a forma correta de apreciar o esporte: torcer pelo time da casa no estádio mais próximo de onde eu morava. Bom, em termos estritamente geográficos, na verdade o estádio Korakuen era um pouco mais perto do que o Jingu, mas... vamos falar sério. Tenho uma moral a zelar.

Isso foi em 1968. O ano em que estourou "Kaette kita yopparai", dos Folk Crusaders, em que Martin Luther King e Robert Kennedy foram assassinados e em que estudantes ocuparam a estação de Shinjuku no Dia Internacional Contra a Guerra. Listando esses eventos assim parece que eles já fazem parte da história antiga... Enfim, o fato é que foi nesse ano que, levado sabe-se lá por que impulso — o destino, os astros, meu tipo sanguíneo, uma profecia ou uma praga —, eu decidi: "Tudo bem, a partir de agora sou torcedor do Sankei Atoms!". Se você por acaso tiver à mão uma linha do tempo ou algo assim, acrescente em letras miúdas ao lado do ano de 1968: "Neste ano, Haruki Murakami se tornou torcedor do Sankei Atoms".

Posso jurar por todos os deuses do mundo: nessa época, o Atoms era um time inacreditavelmente fraco. Não havia uma estrela sequer entre seus jogadores, a pobreza do clube era evidente e seu estádio estava sempre deserto, exceto nos jogos contra o Giants. Se me permitem usar uma expressão japonesa um tanto antiquada para descrever essa eterna falta de torcedores, eu diria que "o cuco-preto cantava" ali. Na época eu sempre pensava que o mascote do time deveria ser um cuco-preto em vez do Astro Boy. Apesar de não saber muito bem que cara tem um cuco-preto.

Esse foi o período de maior glória do Giants, treinado por Tetsuharu Kawakami, e a casa deles, o estádio Korakuen, estava sempre lotada. O conglomerado de mídia Yomiuri, dono do time, usava os ingressos dos jogos para vender jornais como água. Os jogadores Sadaharu Oh e Shigeo Nagashima eram heróis nacionais. Todas as crianças com quem eu cruzava na rua usavam bonés do Giants, orgulhosas. Nunca vi uma criança sequer com um boné do Sankei Atoms. Quem sabe esses pequenos heróis só andassem pelas vielas. Pisando de leve, se escondendo à sombra dos beirais. Meu deus, será que não há justiça neste mundo?

De qualquer forma, nas horas vagas (bem, digamos que naquela época quase todas as minhas horas eram vagas) eu ia até o estádio e torcia quieto, sozinho, pelo Sankei Atoms. Eles perdiam muito mais do que ganhavam (tenho a impressão de que perdiam duas de cada três partidas), mas eu era jovem. Contanto que pudesse me deitar na grama do campo externo, assistir ao jogo tomando cerveja de vez em quando olhando a esmo para o céu, já ficava razoavelmente feliz. Quando o time estava ganhando eu me animava, quando estava perdendo dizia a mim mesmo que na vida é importante se acostumar a perder. Na época, o campo externo do Jingu não tinha assentos, era apenas uma encosta suave, coberta por uma grama um tanto maltratada. Eu estendia ali umas folhas de jornal (do *Sankei Sports*, é claro) e me sentava ou deitava à vontade. Quando chovia, ficava tudo enlameado.

Em 1978, quando eles ganharam o primeiro campeonato, eu morava em Sendagaya, a apenas dez minutos de caminhada do estádio. Então, sempre que podia, ia ver os jogos. Naquele ano, o vigésimo nono desde seu estabelecimento, o Yakult Swallows (a essa altura eles já tinham mudado de nome) venceu o campeonato da Liga Central pela primeira vez, e no impulso conquistou ainda a Nippon Series. Foi realmente um milagre. E foi nesse mesmo ano, em que eu também estava com vinte e nove, que escrevi pela primeira vez uma obra literária. *Ouça a canção do vento* ganhou o Prêmio Gunzo para novos autores, e desde então passei a ser chamado de escritor. Nada mais do que uma coincidência, é claro, mas não pude deixar de sentir que esses fatos nos conectavam, eu e o time.

Mas isso tudo aconteceu muito mais tarde. Nos dez anos que antecederam esse momento, entre 1968 e 1977, assisti a uma quantidade exorbitante, quase astronômica (pelo menos me pareceu assim), de derrotas. Em outras palavras, fui aclimatando meu organismo a esse mundo de "perdemos mais uma vez". Como um mergulhador acostuma o corpo, lenta e cuidadosamente, à pressão da água. É, na vida a gente perde mais do que ganha. E a verdadeira sabedoria não está em saber como vencer seu oponente, mas em saber como perder bem.

"Vocês nunca vão entender a nossa vantagem!", eu gritava para as arquibancadas lotadas de torcedores do Yomiuri Giants (não em voz alta, é claro).

Passei esses anos, sombrios como um longo túnel, sentado sozinho no campo externo do estádio Jingu, e, para matar o tempo enquanto assistia à partida, escrevia num caderno textos parecidos com poemas. Poemas sobre beisebol. Diferente do futebol, no beisebol há bastante tempo entre as jogadas, e você pode desviar um pouco o olhar do campo para rabiscar alguma coisa no papel sem correr o risco de perder um gol ou algo assim. É uma competição bastante tranquila. As tediosas derrotas cheias de longas trocas de arremessador (ah, como eram frequentes...) eram quando eu mais escrevia.

Reproduzo a seguir o primeiro poema dessa coletânea. Ele tem duas versões, uma curta e uma longa. Esta é a curta. Mexi um pouco nele depois de escrever.

Campista direito

Nessa tarde de maio, você
joga na defesa direita no estádio Jingu.
Campista direito do Sankei Atoms.
É esta a sua profissão.

Eu tomo uma cerveja já meio morna
no fundo da arquibancada externa à direita,
como sempre.
O rebatedor do outro time bate um fly à direita.
Um pop fly, coisa simples.
A bola sobe bastante, sem velocidade.
Não há vento.
O sol não ofusca.
Está no papo.
Você ergue ligeiramente as duas mãos
e avança uns três metros.
Pronto.
Eu tomo um gole de cerveja
e espero a bola cair.
Com uma exatidão medida à régua
a bola cai
três precisos metros às suas costas.
Soa um baque seco — *tonc*
como a batidinha de um martelo num canto do universo.
Por que é que decidi
torcer por um time como esse,
me pergunto.
Isto sim é um mistério
de proporções cósmicas.

Não sei se dá para chamar isso de poema. Talvez os poetas
de verdade fiquem zangados se eu disser que é poesia. Talvez
tenham vontade de me pegar e me amarrar num poste por aí,
o que eu acharia muito chato. Mas do que mais eu poderia
chamar esse texto? Se alguém souber o nome correto, me
avise. Assim, a princípio, preferi chamar de poesia mesmo.

E também decidi reunir várias delas na *Coletânea de poemas Yakult Swallows*. Se isso deixasse os poetas nervosos, problema deles. Isso foi em 1982, um pouco antes de eu terminar *Caçando carneiros* e três anos depois de ter estreado (aos trancos e barrancos) como romancista.

As grandes editoras, sabiamente, não demonstraram o menor interesse em publicar um troço desses, então acabei fazendo uma edição semiautônoma. Por sorte consegui um preço camarada com um amigo dono de uma gráfica. Fiz uma encadernação simples, quinhentas cópias numeradas, e assinei todas à caneta, bonitinho. Haruki Murakami, Haruki Murakami, Haruki Murakami... Mas, como eu já esperava, ninguém deu a mínima. Só uma pessoa com gosto muito excêntrico gastaria dinheiro num negócio desses. Acho que só cheguei a vender trezentas cópias. O resto, distribuí para amigos e conhecidos, como recordação. E hoje em dia a coletânea virou item de colecionador e vale um preço exorbitante. Este mundo é mesmo um mistério. Eu só fiquei com duas cópias. Se tivesse guardado mais, estava rico...

Depois do funeral do meu pai, bebi muita cerveja com três primos. Ficamos até de madrugada, eu, dois primos por parte de pai (mais ou menos da minha idade) e um por parte de mãe (acho que uns quinze anos mais novo que eu). Não tomamos nenhuma outra bebida e também não havia nada para comer. Só bebemos cerveja, uma atrás da outra. Eu nunca tinha bebido tanta cerveja. No fim havia umas vinte garrafas vazias de Kirin, das grandes, sobre a mesa. Não sei como minha bexiga aguentou. Para completar, enquanto tomava toda essa cerveja, passei num bar de jazz perto do local do funeral e entornei vários Four Roses *on the rocks*.

Não sei explicar direito por que bebi tanto naquela noite, uma vez que não estava particularmente triste ou deprimido, nem sentia nada muito profundo. Mas por mais que bebesse não me embriaguei, tampouco tive ressaca. Quando acordei no dia seguinte, minha cabeça estava ainda mais leve que de costume.

Meu pai foi um torcedor ferrenho do Hanshin Tigers. Durante minha infância, se o Tigers perdia, ele ficava sempre num mau humor terrível. Até o rosto dele mudava. Essa tendência era ainda pior se tivesse bebida na história. Então, nas noites em que eles perdiam, eu fazia todo o possível para não irritá-lo. Talvez seja por isso que nunca me tornei, nem poderia me tornar, um fã sincero dos Tigers.

Minha relação com meu pai não era exatamente amigável, para dizer o mínimo. Há vários motivos para isso, mas o fato é que durante mais de vinte anos, até pouco tempo antes de seus noventa anos chegarem ao fim por causa do câncer que tomou seu corpo e de uma diabetes grave, eu e meu pai praticamente não nos falamos. Creio que seria difícil chamar essa relação de "amigável", sob qualquer ponto de vista. No final tivemos uma espécie de modesta reconciliação, mas um pouco tardia demais para ser chamada por esse nome.

Mas também tenho belas memórias com ele, claro.

Quando eu tinha nove anos, no outono, o St. Louis Cardinals veio ao Japão jogar um amistoso contra o time All Star japonês. Naquela época o grande Stan Musial estava no auge. Os melhores arremessadores do time japonês eram Kazuhisa Inao e Tadashi Sugiura. Foi um espetáculo! Eu e meu pai assistimos juntos, no estádio Koshien. Antes do início da partida, os jogadores do Cardinals correram ao redor do campo, lançando bolas assinadas para as arquibancadas. Todos na torcida ficaram de pé, aos gritos, tentando agarrar uma bola. Eu continuei sentado, observando absorto toda aquela movimentação. Sabia que, com meu tamanho, jamais conseguiria pegar uma. Mas de repente, quando dei por mim, uma bola tinha caído no meu colo. Ela despencou sobre os meus joelhos como uma revelação divina — bum.

— Que sorte! — disse meu pai, meio chocado, meio admirado. Pensando bem, quando estreei como escritor aos trinta anos, ele disse mais ou menos a mesma coisa. Com uma expressão meio chocada, meio admirada.

Acho que esse foi um dos momentos mais memoráveis da minha infância. Talvez o meu momento de mais sorte. Será que foi por isso que passei a amar tanto os estádios? Claro que levei para casa a preciosa bola que caíra no meu colo. Mas só me lembro da história até aí. O que será que aconteceu com ela? Aonde pode ter ido parar?

Na minha *Coletânea de poemas Yakult Swallows* incluí também o texto que se segue. Acho que devo tê-lo escrito na época em que Osamu Mihara assumiu como treinador. Não sei por quê, mas o Swallows desse período é aquele de que me lembro com mais clareza, e o que me dá mais saudade. Eu sempre ia ao estádio entusiasmado, sabendo que alguma coisa legal aconteceria.

A sombra de um pássaro

Um jogo diurno, numa tarde de começo de verão.
Na segunda metade da oitava entrada
o Swallows perdia de 1 a 9 (ou coisa que o valha).
O sexto (ou coisa que o valha) arremessador,
cujo nome eu nunca tinha ouvido, estava no aquecimento.
Bem nessa hora

a sombra nítida de um pássaro
atravessou veloz o gramado verde do Jingu
desde a primeira base até a defesa central.
Eu olhei para o alto
mas não vi o pássaro.
O sol era ofuscante demais.
Vi apenas uma sombra projetada na grama
como um recorte negro.
E ela tinha a forma de um pássaro.
Refleti seriamente
se aquilo seria um presságio
bom ou ruim.
Mas logo sacudi a cabeça.
Ei, deixa disso.
Que bom presságio poderia haver aqui?

Minha mãe foi piorando da memória e não podia mais viver sozinha, então voltei a Kansai para organizar as coisas na casa dela. Fiquei chocado ao ver as enormes pilhas de tralha — para mim, era o que parecia — atulhadas dentro dos armários. Ela acumulara uma quantidade de objetos sem sentido tão grande que ninguém em sã consciência conseguiria imaginar.

Por exemplo, encontrei uma grande lata de biscoitos transbordando de cartões. A maior parte eram cartões de telefone, mas também havia cartões pré-pagos das linhas de trem de Hanshin e Hankyu. Todos tinham fotos dos jogadores do Hanshin Tigers. Kanemoto, Imaoka, Yano, Akahoshi, Fujigawa... Cartões telefônicos?! Meu deus. Onde é que eu vou usar um cartão telefônico hoje em dia?

Não me dei o trabalho de contar, mas acho que devia haver mais de cem cartões naquela lata. Aquilo era incompreensível para mim. Até onde eu sabia, minha mãe não dava a mínima para beisebol. Mas não há dúvida de que todos aqueles cartões tinham sido comprados por ela, tenho provas concretas disso. Será que, sem que eu me desse conta, ela havia se tornado uma fã devotada do Hanshin Tigers? Seja como for, ela insistiu que jamais havia comprado cartões telefônicos do time. "Cada pergunta estranha que você me faz! Por que eu ia comprar um negócio desses?", ela me disse. "Se você perguntar para o seu pai, ele deve saber…"

Uma sugestão que não me ajudava, já que ele havia morrido três anos antes.

O resultado é que agora, apesar de andar sempre com o celular, me desdobro para achar orelhões e usar os cartões telefônicos do Hanshin Tigers. Graças a isso, sei o nome de todos os jogadores. Embora a maior parte deles já tenha se aposentado ou mudado de time.

O Hanshin Tigers.

Um defensor externo do time, um sujeito simpático e animado chamado Mike Reinbach, fez uma ponta em um dos poemas que escrevi. Reinbach tinha a mesma idade que eu e morreu em um acidente de carro nos Estados Unidos em 1989. Nesse ano eu morava em Roma e estava escrevendo um romance longo, então demorei muito tempo para descobrir que ele havia morrido tão jovem, aos trinta e nove anos. Obviamente, os jornais italianos não noticiaram a morte de um ex-jogador do Hanshin Tigers.

O poema que escrevi era assim:

A bunda dos defensores externos

Gosto de olhar a bunda dos defensores externos.
Quer dizer, se você está sentado sozinho no campo externo
vendo seu time perder num jogo arrastado,

que outra alegria pode haver se não
observar as bundas dos atletas?
Quem souber, me avise.
Por isso, se me pedirem
para discorrer sobre os seus traseiros,
eu poderia discursar por uma noite inteira.
O defensor central do Swallows
John Scott* é dono de uma bunda
cuja beleza supera qualquer expectativa.
Graças às suas pernas absurdamente longas
ela parece flutuar em pleno ar
como uma metáfora arrojada e irreverente.
Comparado a ele, o defensor externo da esquerda, Wakamatsu,
tem pernas curtíssimas
e quando eles estão lado a lado
a bunda de Scott fica mais ou menos
na altura do queixo do colega.
A bunda de Reinbach** do Hanshin
é bem-proporcionada, dotada de uma simpatia natural.
Basta um olhar
e seu carisma nos conquista.
Shane*** do Hiroshima Carp tinha uma bunda
de ar pensativo e intelectual.

---

* John Scott foi defensor externo do Swallows de 1979 a 1981, e teve um desempenho notável. Certa vez, fez quatro *home runs* em um *double header*. Recebeu duas vezes o prêmio Diamond Glove. (N. A.)

** Mike Reinbach jogou no Hanshin Tigers como defensor externo entre 1976 e 1980. Era um dos *cleanup hitters*, ao lado de Hal Breeder, além de um jogador vigoroso e muito popular. (N. A.)

*** Richard Alan Scheinblum foi defensor externo no Hiroshima Carp em 1975 e 1976. Também participou de um jogo All Star na Liga Central. Por ser longo, no Japão seu nome foi abreviado para Shane. "Eu não ligo", disse ele, "mas não sei andar a cavalo" [em referência ao faroeste *Os brutos também amam*, cujo título original é *Shane*]. (N. A.)

Uma bunda meditativa, podemos dizer.
As pessoas deveriam chamá-lo
por seu nome completo, Scheinblum,
nem que fosse apenas por respeito ao seu traseiro.
Bem, e quais são os jogadores
cujas bundas deixam a desejar esteticamente?
Cheguei até aqui, mas a verdade é que
talvez seja melhor não falar sobre eles.
Afinal, eles também têm mães, irmãos, esposas.
Podem até ter filhos.

Certa vez, vi um jogo do Hanshin contra o Yakult no estádio Koshien, sentado na torcida do Yakult Swallows. Estava sozinho em Kobe por causa de um compromisso e me vi com uma tarde inteira livre. Um pôster na estação Sannomiya da linha Hanshin anunciava uma partida diurna no Koshien justo naquele dia, então resolvi visitar o estádio, o que havia muito não fazia. Mais de trinta anos, na verdade.

Naquele tempo o treinador do Swallows era Katsuya Nomura e os jogadores Furuda, Ikeyama, Miyamoto e Inaba estavam no auge (pensando bem, foi uma época muito feliz para o time). Então é claro que o poema a seguir não foi incluído na coletânea original sobre o Yakult Swallows, porque o escrevi muito tempo depois de publicá-la.

Naquela tarde eu não tinha nenhum papel onde escrever, então assim que voltei do estádio para o hotel corri para a escrivaninha e registrei o poema (ou algo próximo disso) no papel de carta oferecido aos hóspedes. Talvez eu deva dizer que se trata apenas de uma anotação na forma de um poema? A gaveta da minha escrivaninha está repleta de todo tipo de anotações e fragmentos de textos. Embora, na prática, eles sejam quase completamente inúteis.

Uma ilha em meio à correnteza do oceano

Naquela tarde de verão
busquei na arquibancada esquerda do estádio Koshien
os assentos para os torcedores do Yakult Swallows.
Demorei muito para encontrá-los,
pois ocupavam somente
um quadrado de uns cinco metros de lado
cercado por torcedores do Tigers.
Lembrei do filme *Sangue de heróis*,
de John Ford.
A pequena tropa de cavaleiros
liderada pelo obstinado Henry Ford
cercada por um enorme exército de índios
espalhados por toda parte.
Encurralados, lutando pela vida,
como uma pequena ilha em meio à correnteza do oceano
uma única bandeira valente tremulando bem no centro.

Quando criança, nestes assentos, neste estádio
vi jogar Sadaharu Oh, ainda adolescente.
Sua escola, a Waseda Jitsugyo, foi campeã naquela primavera
e ele era o quarto rebatedor, o principal.
Uma memória estranhamente nítida,
como se eu olhasse pelo lado contrário de um binóculo.
Muito distante, muito próxima.
E agora estou aqui,
cercado por índios ferozes e
vigorosos em suas roupas listradas.
Ao pé da bandeira do Swallows
torço tragicamente.

Na pequena ilha em meio à correnteza do oceano
sinto uma pontada discreta no peito:
estamos tão longe de casa.

Seja como for, o fato é que, de todos os estádios de beisebol do mundo, o Jingu é onde me sinto melhor. Na arquibancada interna perto da primeira base, ou na arquibancada externa do lado direito. Gosto de ficar ali, ouvindo as vozes, sentindo os cheiros, olhando para o céu. Receber o vento na pele, tomar uma cerveja gelada, observar as pessoas ao redor. São esses momentos que eu amo, não importa se meu time está ganhando ou perdendo.

É claro que, se ele ganha, é muito melhor. Isso é óbvio. Mas a vitória ou a derrota não mudam o valor nem o peso do tempo. O tempo é sempre o mesmo. Um minuto é um minuto, uma hora é uma hora. Não importa o que se diga, precisamos cuidar bem dele. Temos que nos entender com o tempo e, de um jeito ou de outro, deixar tantas memórias boas quanto possível — isso é o mais importante.

Assim que me sento na arquibancada, a primeira coisa que gosto de fazer é tomar uma cerveja preta. Mas os vendedores de cerveja preta são raros. Demoro bastante para encontrar um. Quando finalmente encontro, ergo a mão bem alto e aceno para ele. O vendedor se aproxima de mim. É um menino jovem e magro. Parece um pouco desnutrido. Tem cabelos compridos. Deve ser um estudante de ensino médio fazendo um bico. Ele se aproxima e, já de saída, pede desculpas.

— Desculpa, mas é cerveja preta…

— Não precisa se desculpar, de jeito nenhum — digo, para tranquilizá-lo. — Eu estava há um tempão esperando aparecer alguém com cerveja preta!

— Muito obrigado! — exclama ele, sorridente.

O menino vendedor de cerveja preta provavelmente vai ter que se desculpar com muito mais gente esta noite. *Desculpa, mas é cerveja preta...* Porque a maior parte dos espectadores deve querer cerveja lager comum. Eu pago e me despeço:

— Boa sorte no trabalho!

Muitas vezes, ao escrever ficção, sinto o mesmo que ele. Tenho vontade de me desculpar com cada uma das pessoas do mundo:

— Desculpa, mas é cerveja preta...

Não importa. Hora de parar de pensar sobre escrita. O jogo desta noite vai começar. Temos que rezar para que nosso time ganhe. E ao mesmo tempo, discretamente, nos preparar para a derrota.

Carnaval

De todas as mulheres que conheci até hoje, ela foi a mais feia. Não, talvez não seja justo pôr desta maneira. Certamente houve muitas outras de aparência pior. Mas, entre as mulheres com quem tive contato mais próximo, as que fincaram raízes razoáveis no solo da minha memória, acho que não seria errado falar que ela foi a mais feia. É claro que eu poderia usar um eufemismo, dizer que "ela não era bonita" em vez de feia, o que certamente seria aceito com menos resistência pelos leitores — e sobretudo pelas leitoras. Mas decidi tomar a liberdade de usar deliberadamente esse termo direto (e um pouco brutal), pois acredito que assim consigo me aproximar mais da sua verdadeira essência como pessoa.

Vou chamá-la de F*. Por diversos motivos, não seria apropriado expor seu nome real. O qual, a propósito, não contém a letra F, nem *.

É possível que, em algum lugar, F* venha a ler este texto. Ela sempre afirmou que só se interessava por trabalhos de escritoras vivas, mas não posso descartar por completo a possibilidade de um dia este texto chegar às suas mãos. E, se isso acontecer, tenho certeza de que F* vai saber que é dela que estou falando. Mas acho que ela não se importaria de ser descrita como "a mais feia de todas as mulheres que conheci até hoje". Pelo contrário, creio que acharia divertido. Digo isso porque ela sabia, melhor do que qualquer um, que sua aparência não era das melhores — que era, resumindo, feia —

e, à sua maneira, chegava mesmo a se divertir com isso e usar o fato em vantagem própria.

A meu ver, este deve ser um caso bastante raro no mundo em que vivemos. Pois não são tantas as mulheres feias que têm consciência da própria feiura, e o número das que não só aceitam esse fato como, além de tudo, conseguem tirar dele algum tipo de prazer, pode não ser zero mas sem dúvida é bastante pequeno. Nesse sentido, acredito que ela seja realmente *fora do comum*. E, com essa natureza *fora do comum*, atraiu muitas pessoas, inclusive eu. Como um ímã que puxa em sua direção toda sorte de fragmentos de metal, úteis e inúteis.

Falar sobre a feiura é, também, falar sobre a beleza.

Conheço pessoalmente algumas mulheres belíssimas. Mulheres que qualquer um concordaria que são lindas, do tipo que atraem olhares fascinados. Mas sempre tive a impressão de que essas mulheres — ou pelo menos boa parte delas — não desfrutavam de maneira incondicional e verdadeira do fato de serem belas. Isso sempre me pareceu muito surpreendente. Mulheres que nascem belas são alvo da admiração dos homens, invejadas pelas outras mulheres, aduladas de mil maneiras. Devem ganhar presentes luxuosos, podem escolher os melhores parceiros. Por que, apesar disso, não se mostram felizes? Por que em alguns casos chegam a parecer deprimidas?

A julgar pelo que observo, muitas das mulheres belas que eu conheço vivem insatisfeitas ou irritadas com os aspectos de si mesmas que não são belos — e sempre haverá um pedaço assim em qualquer corpo humano —, uma insatisfação que atormenta sem cessar seus corações. Por mais triviais que sejam essas imperfeições, por mais insignificantes que sejam os defeitos, trata-se de um incômodo constante para elas. Em alguns casos, as fazem *sofrer*. Coisas como terem dedões dos pés grandes demais, com unhas meio tortas, ou um mamilo maior do que o outro, por exemplo. Uma beldade que conheci acreditava que tinha lóbulos grandes demais e fazia questão de manter o cabelo sempre comprido para esconder as orelhas. Para mim, o tamanho dos lóbulos das orelhas de uma pessoa não tem a menor importância (uma vez ela me mostrou, e achei que eram perfeitamente normais). Mas não sei — vai ver essa história de tamanho dos lóbulos ou seja o que for não passe de um substituto para alguma outra coisa.

Em comparação com essas mulheres, será que não podemos dizer que aquelas que conseguem em algum nível apreciar o fato de não serem belas — ou até mesmo feias — são mais felizes? Assim como todas as mulheres bonitas devem ter algum pedaço feio, todas as mulheres feias devem ter algum pedaço bonito. E, diferente das belas, parecem desfrutar deles sem cerimônia. Sem cerimônia nem metáforas.

Talvez isso não passe de um clichê, mas as circunstâncias em que nos encontramos podem se transformar por completo de acordo com a maneira como olhamos para elas. Dependendo do ângulo de um raio de sol, a escuridão pode virar luz, e a luz, escuridão. Uma vitória vira uma derrota, e uma derrota, uma vitória. Se esse tipo de efeito faz parte da natureza do mundo ou se é apenas uma ilusão de ótica, é algo que escapa à minha análise. Mas, qualquer que seja o caso, posso dizer que F* fazia mágica com a luz.

Conheci F* através de um amigo quando tinha pouco mais de cinquenta anos. Acho que ela devia ser uns dez anos mais nova do que eu. Mas a idade não era muito importante para ela, uma vez que sua aparência se sobrepunha a todo o resto.

Sua idade, sua altura, o tamanho e a forma de seus seios, nada disso pesava diante da feiura, ou não beleza. Que dirá o formato da unha do seu dedão do pé ou o tamanho das suas orelhas.

Foi no intervalo de um concerto no Suntory Hall que encontrei por acaso um amigo no lobby, tomando vinho com F*. A peça principal daquela noite era uma sinfonia de Mahler (não me lembro qual). A primeira metade do programa fora *Romeu e Julieta*, de Prokofiev. Tomando vinho, nós três conversamos sobre a obra do compositor. Eles também tinham se encontrado por coincidência. Ou seja, todos tínhamos ido sozinhos ao concerto. Existe sempre um certo sentimento de solidariedade entre pessoas que vão sozinhas a uma sala de concerto.

Quando vi F* pela primeira vez, naturalmente a primeira coisa que me veio à mente foi "nossa, que mulher feia". Mas ela era tão simpática e confiante que fiquei envergonhado de ter pensado isso. E, ao longo da conversa animada, fui, por assim dizer, me habituando com a sua feiura. Até por fim deixar de pensar sobre o assunto. Ela era eloquente, agradável e tinha assuntos de sobra. Pensava rápido e parecia ter bom gosto para música. Depois que soou o sinal anunciando o fim do intervalo e nos separamos, pensei que se ela fosse bonita — ou se pelo menos tivesse uma aparência um pouquinho melhor — seria uma mulher muito atraente.

Entretanto, mais adiante fui dolorosamente forçado a reconhecer como essa minha opinião era rasa e superficial. Pois o poder marcante de sua personalidade — talvez eu possa chamar de magnetismo — dependia justamente de sua aparência incomum. Ou seja, era a disparidade entre o refinamento de F* e a feiura de suas feições que criava o seu dinamismo particular. Ela tinha consciência desse poder, e o controlava e utilizava com eficiência.

Descrever de maneira concreta por que seu rosto não era belo, ou por que era feio, é uma tarefa dificílima. Por mais palavras que eu use, por mais precisa que seja a minha descrição, seria impossível transmitir ao leitor a real peculiaridade de suas feições. A única coisa que posso afirmar com convicção é que era impossível apontar imperfeições funcionais em seu rosto. Não era uma questão de dizer que tal pedaço parecia um pouco estranho ou que ela ficaria mais bonita ajeitando um pouco aquele outro pedaço. Os elementos isolados não tinham, em si, nenhum defeito. Porém, quando todos se reuniam, surgia uma feiura geral, orgânica e indiscutível (é uma comparação um pouco estranha, mas esse processo me lembra o surgimento de Vênus). É impossível expressar o conjunto dessa feiura com palavras ou lógica, e, mesmo que eu conseguisse, desconfio que não teria muito sentido. Só nos são dadas duas possibilidades — aceitar incondicionalmente o que temos diante dos olhos, como fato consumado, ou rejeitar tudo desde o começo. É como uma guerra que não fará prisioneiros.

Tolstói diz no começo de Anna Kariênina que todas as famílias felizes se parecem, e que cada família infeliz é infeliz à sua maneira. Acho que eu poderia dizer mais ou menos a mesma coisa sobre a beleza e a feiura dos rostos das mulheres. Acredito que, de maneira geral (e, por favor, tomem isso apenas como uma visão minha), as mulheres bonitas podem ser reunidas sob o mesmo denominador comum, "belas mulheres". Todas carregam nas costas um lindo macaco dourado. Há uma certa variação no brilho e na tonalidade dos pelos de cada macaco, mas seu efeito ofuscante é sempre mais ou menos igual.

Cada mulher feia, por outro lado, traz às costas um macaco singular, de pelagem sem viço. São todos diferentes entre si — há infinitas variações na forma como seus pelos estão gastos, ou calvos, ou encardidos. E, como quase não brilham, não acontece de quem as olha ser ofuscado pelo dourado reluzente.

Mas o macaco nas costas de F* tinha uma variedade de expressões, e seu pelo — ainda que certamente não brilhasse — era uma combinação das mais diversas tonalidades. A impressão que causava variava imensamente dependendo do ângulo, do clima e da direção do vento de cada dia, além do horário. Em outras palavras, sua feiura era como um cristal formado por vários elementos, de diversas formas, reunidos segundo alguma regra solene e compactados por uma força especial. Além disso, seu macaco se sentava às suas costas de maneira serena, confortável, sem timidez alguma. Como todas as causas e consequências se abraçando no centro do mundo.

Na segunda vez que encontrei F*, consegui, até certo ponto, perceber essas coisas (apesar de ainda não conseguir colocá-las em palavras). Compreender sua feiura requer certo tempo. E coisas como intuição, filosofia e ética. Talvez também seja preciso um tanto de experiência de vida. Assim, conforme convivemos com ela, a certa altura começamos a sentir um leve orgulho pelo fato de termos reunido, por acaso, esses pré-requisitos.

A segunda vez que a encontrei também foi em uma sala de concerto, num lugar menor do que o Suntory Hall. Quem se apresentou naquela noite foi uma violinista francesa. Lembro que ela tocou sonatas de Franck e Debussy. Era uma musicista excelente, e as sonatas constituíam parte forte de seu repertório favorito, mas para falar a verdade sua performance naquele dia não foi das melhores. Embora as duas peças de Kreisler que tocou no bis tenham sido muito bonitas.

Eu esperava um táxi do lado de fora quando F* me chamou às minhas costas. Naquele dia estava junto com uma amiga, uma mulher linda, pequena e esbelta. F* é um pouco mais alta, quase da minha altura.

— Não quer tomar um vinho com a gente? Tem um lugar bom aqui perto, dá para ir a pé — ela sugeriu.

Aceitei o convite. Ainda estava cedo e eu tinha ficado um pouco frustrado com o concerto. Era a ocasião ideal para tomar uma ou duas taças e falar sobre boa música.

Nos acomodamos em um pequeno bistrô numa ruazinha ali perto e pedimos vinho e alguns petiscos, mas a amiga bonita logo recebeu uma ligação e precisou sair. Tinham ligado da casa dela avisando que seu gato estava passando mal. E assim ficamos apenas eu e F*. Não me chateei muito, pois a essa altura já começava a nutrir um grande interesse por F*. Ela tinha ótimo gosto para roupas e trajava um vestido de seda azul visivelmente caro. As joias que usava também eram perfeitas. Simples, mas atraíam o olhar. Foi nesse dia que me dei conta de que usava uma aliança.

Conversamos sobre o concerto daquela noite. Ambos concordamos que não fora das melhores performances da violinista. Não dava para saber se ela se sentia mal, se seus dedos doíam, se não estava satisfeita com o hotel no qual a haviam hospedado, mas era provável que estivesse lidando com alguma questão. Se você assiste a concertos com frequência, de vez em quando se depara com esse tipo de coisa.

Em seguida conversamos sobre nossas músicas favoritas. Ambos gostávamos de piano. Também ouvíamos outras coisas, claro. Ópera, sinfonias, música de câmara. Mas nossos favoritos eram os solos para piano. E, nesse aspecto, nossas preferências coincidiam tanto que chegava a ser surpreendente. Nenhum de nós era capaz de sentir um entusiasmo muito duradouro por Chopin. As sonatas para piano de Mozart eram lindas e charmosas, mas, sinceramente, já estávamos enjoados. O *Cravo bem-temperado* de Bach era uma obra extraordinária, mas um pouco longa demais para ouvir com concentração. Exigia preparo físico. As sonatas de Beethoven podiam soar um pouco sérias demais. E, na nossa opinião, as análises sobre elas também já tinham dado o que tinham que dar. As obras para piano de Brahms eram maravilhosas para apreciar de vez em quando, mas cansativas para ouvir com frequência. E, muitas vezes, um pouco tediosas. Já com relação às composições de Debussy e Ravel para piano era preciso escolher bem a hora e a circunstância, pois do contrário elas não tocavam a fundo.

Não tínhamos dúvida de que o suprassumo da música para piano, composições maravilhosas e irretocáveis, era formado por algumas das sonatas de Schubert e as obras de Schumann. E se tivéssemos que escolher apenas uma delas, qual seria?

Uma única obra?

É, uma só, disse F*. Qual peça para piano você levaria para uma ilha deserta?

Que pergunta difícil. Precisei parar e refletir com calma sobre o assunto.

— *Carnaval*, de Schumann — decidi por fim.

F* estreitou os olhos e me encarou por um longo tempo. Depois entrelaçou os dedos das mãos sobre a mesa e estalou as juntas. Dez vezes, precisamente. Os estalos foram tão altos que as pessoas ao redor olharam na nossa direção. Ruídos secos, como se alguém partisse sobre o joelho uma baguete de três dias antes. Não há muita gente no mundo, independente do gênero, que consiga estalar as juntas dos dedos com tamanho estardalhaço. Mais tarde descobri que estalar assim os dedos, exatamente dez vezes, era uma mania dela. Fazia isso quando estava entusiasmada. Mas naquele momento eu não sabia disso, então pensei que estivesse irritada. Vai ver *Carnaval* fora a escolha errada. Mas o que fazer, sempre adorei essa peça de Schumann. Mesmo que isso fosse aborrecer alguém e eu corresse o risco de apanhar, não podia mentir.

— Você realmente acha *Carnaval* a melhor escolha? Se tivesse que levar uma única música para uma ilha deserta, uma só, de todos os lugares e épocas? — insistiu ela, de cenho franzido, erguendo um único dedo longo.

Frente a isso, minha convicção esmoreceu um pouco.

Para preservar essa composição de Schumann, bela como um caleidoscópio, de uma incongruência que ultrapassa os limites do intelecto humano, será que eu estaria disposto a me desfazer prontamente das *Variações Goldberg* e do *Cravo bem--temperado* de Bach? Das sonatas para piano da fase madura de Beethoven ou do seu terceiro concerto, heroico e charmoso?

Um silêncio pesado se estendeu por algum tempo, durante o qual F* cerrou os punhos uma série de vezes, como se conferisse se suas mãos funcionavam bem. Em seguida, ela disse:

— Você tem um gosto excelente. E admiro sua coragem. É, acho que eu poderia acompanhá-lo nessa escolha. Ficar só com *Carnaval*.

— Sério?

— Sério. Sempre gostei muito de *Carnaval*. Posso ouvir várias vezes e nunca me canso, chega a ser estranho.

Então passamos um longo tempo conversando sobre essa peça. Enquanto conversávamos, pedimos uma garrafa de Pinot Noir e acabamos com ela. E assim começamos uma pequena amizade. Um fã-clube de *Carnaval*, por assim dizer. Embora essa relação não tenha durado, no fim das contas, mais do que uns seis meses.

* * *

Estabelecemos uma espécie de grupo de estudos de *Carnaval*. Nada impedia que o clube tivesse mais membros, mas ele nunca passou de dois integrantes porque não encontramos mais ninguém que gostasse tanto dessa obra de Schumann quanto nós.

A partir daquele dia ouvimos uma quantidade notável de discos e CDs com gravações de *Carnaval*. Se qualquer intérprete fosse tocar essa peça em um concerto, fazíamos de tudo para assistir. Segundo meu caderno (no qual anotei cuidadosamente minhas impressões sobre cada interpretação), vimos três pianistas tocarem a composição em concertos, e no total ouvimos quarenta e duas gravações em discos e CDs. Depois de cada uma, nos sentávamos frente a frente para compartilhar nossas opiniões. *Carnaval* foi gravada por uma grande quantidade de pianistas, de todas as épocas e países. É uma peça muito apreciada. Apesar disso, descobrimos que eram poucas as interpretações que de fato nos satisfaziam.

Por mais tecnicamente perfeita que seja uma interpretação, basta haver um leve desencontro entre a técnica e a música e *Carnaval* se torna apenas um exercício de dedilhado sem vida. A maior parte do seu encanto desaparece. Na verdade, trata-se de uma peça complexa, muito difícil de interpretar. A maioria dos pianistas não sabe o que fazer com ela. Não vou citar nomes, mas não faltam interpretações sem graça ou desajeitadas feitas por artistas muito renomados e admirados. Também há muitos que preferem passar longe dela (pelo menos é o que me parece). Vladimir Horowitz era um grande apreciador das obras de Schumann e gravou muitas delas ao longo de sua carreira, mas por algum motivo nunca fez um registro oficial de *Carnaval*. Podemos dizer o mesmo de Sviatoslav Richter. E não devo ser o único que sonha em um dia ouvir Martha Argerich tocar essa composição.

Entre os contemporâneos de Schumann quase ninguém compreendeu a excelência da sua música. Mendelssohn e Chopin, por exemplo, não apreciavam sua produção para piano. Mesmo sua esposa, Clara, uma pianista muito famosa que durante toda a vida se dedicou a tocar as obras do marido, secretamente pensava que ele deveria escrever óperas e sinfonias mais corretas em vez daquelas composições caprichosas para piano. Schumann não gostava de estilos clássicos como sonatas, o que fazia com que suas peças ganhassem, muitas vezes, formas desconexas, como devaneios. Ele desejava se afastar dos modelos clássicos existentes e criar uma música nova, própria do Romantismo. Mas aos olhos da maior parte de seus contemporâneos suas obras não passavam de criações excêntricas, sem fundamento nem conteúdo. No fim das contas, porém, essa ousada excentricidade operou como uma importante força motivadora para mobilizar a música romântica.

Seja como for, passamos seis meses escutando fervorosamente *Carnaval* sempre que podíamos. É claro que essa não era a única coisa que botávamos para tocar — às vezes também ouvíamos Mozart ou Brahms, mas em todos os nossos encontros havia pelo menos uma gravação de *Carnaval* e trocávamos impressões sobre ela. Eu era o secretário do clube, registrava em linhas gerais nossas opiniões. Ela veio à minha casa algumas vezes, mas o mais comum era eu ir à casa dela, pois ela morava no centro e eu no subúrbio. Ao final, quando terminamos de escutar todas as quarenta e duas gravações de *Carnaval*, a que recebeu a maior nota dela foi a de Arturo Benedetti (Angel Records), e a minha, a de Arthur Rubinstein (RCA). Atribuímos notas detalhadas para cada uma das interpretações, mas não dávamos grande importância a esse ranking. Aquilo era só um extra, uma brincadeira. O importante era a oportunidade de conversar a fundo sobre essa música que amávamos. Compartilhar, quase sem nenhum objetivo, algo que nos entusiasmava.

Em teoria, seria de esperar que esses meus encontros frequentes com uma mulher dez anos mais nova criasse algum tipo de comoção doméstica, mas minha esposa nem se importou. Creio que é desnecessário dizer que o principal motivo para essa indiferença era o fato de F* ser feia. Pelo visto, a ideia de que poderia surgir alguma relação física entre nós dois nem ocorria à minha mulher. Este era um grande privilégio proporcionado pela feiura de F*. Minha esposa, que não ouvia muita música clássica e se entediava na maior parte dos concertos, parecia achar que éramos os dois meio fanáticos. Referia-se a F* como minha "namorada". Ou às vezes, com certa ironia, como minha "adorável namorada".

F* não tinha filhos, e nunca encontrei seu marido. Não sei dizer se a ausência dele durante as minhas visitas era acidental, se ela escolhia justamente os momentos em que ele não estava para me convidar, ou se ele costumava passar muito tempo fora. A verdade é que eu sequer tinha certeza de que ela tinha um marido, pois nunca falou uma palavra sobre ele. E, até onde eu me lembro, não havia na sua casa nenhum sinal da presença de um homem. No entanto, ela se apresentava como casada, e uma aliança de ouro reluzia no dedo anelar da sua mão esquerda.

Ela também nunca me contou nada sobre o passado. Não me disse em que cidade nascera, como era sua família, quais escolas frequentara, com o que trabalhara ao longo da vida. Se eu perguntasse algo sobre sua vida privada, ela desconversava com uma resposta vaga ou apenas sorria, sem nada dizer. Tudo que sei é que ela parecia ter um trabalho especializado (não dava a impressão de ser funcionária em um escritório) e levava uma vida bastante afluente. Morava em um elegante apartamento de quatro quartos em Daikanyama, cercado de verde, e dirigia um sedã BMW novo em folha. O sistema de som em sua sala também era luxuoso, com um amplificador integrado e aparelho de CD Accuphase de última geração e estilosas caixas de som Linn. Ela sempre se vestia com esmero. Mesmo eu, que não sou um grande conhecedor de moda feminina, percebia que todas as peças pareciam ser caras e das melhores marcas.

Ao falar sobre música ela era extremamente eloquente. Tinha um ouvido muito aguçado e escolhia com rapidez e precisão as palavras para expressar o que ouvira. Seu conhecimento sobre o tema era diverso e profundo. Mas, em qualquer outro assunto além da música, F* era um enigma para mim. Quando não queria falar sobre alguma coisa, simplesmente não dizia uma palavra, por mais que eu me esforçasse para extrair algo dela.

— Schumann, assim como Schubert, contraiu sífilis ainda jovem, e a doença fez com que sua mente fosse se afastando cada vez mais da normalidade. Além disso, ele sempre manifestara uma tendência à esquizofrenia. Era infernizado todos os dias por alucinações persistentes, e às vezes tremia de maneira incontrolável. Tinha certeza de estar sendo perseguido por maus espíritos. Ele acreditava piamente na existência de espíritos maléficos. Nas garras desse pesadelo aterrorizante do qual não conseguia despertar, acabou tentando o suicídio. Chegou inclusive a se jogar no rio Reno. As alucinações do mundo interior e a realidade exterior eram inextrincáveis para ele. *Carnaval* foi composta no começo da sua produção, então aqui seus maus espíritos ainda não aparecem de forma explícita. O cenário são as festividades do Carnaval, foliões em máscaras alegres dominam todo o espaço. Mas não é uma simples festa animada. As criaturas que mais tarde se tornariam demônios dentro dele já dão as caras o tempo todo. Aparecem de relance, usando divertidas máscaras carnavalescas. Nessa música sopra um vento agourento, lembrando o clima instável do começo da primavera. Isso enquanto todos se refestelam de carne fresca, pingando sangue. Carnaval — o festival da gratidão pela carne. É exatamente o que vemos nessa peça.

— Então quem interpreta essa obra precisa ser capaz de expressar tanto as máscaras dos personagens quanto os rostos que elas escondem. É isso que você quer dizer? — perguntei.

Ela assentiu.

— É, isso mesmo. Precisamente. Acredito que, se você não for capaz disso, nem faz sentido tentar interpretar. Em certo sentido a peça é a epítome da brincadeira. Mas acredito que é justamente na brincadeira que podemos observar as coisas maliciosas que habitam o fundo do nosso espírito. O som alegre da música as atrai para fora da escuridão.

Ela mergulhou no silêncio por alguns momentos, e então continuou:

— Todos nós vivemos com máscaras sobre o rosto, em maior ou menor grau. É impossível viver neste mundo atroz sem usar alguma máscara. As máscaras dos demônios escondem o rosto dos anjos, e as máscaras dos anjos escondem o rosto dos demônios. É impossível ser só uma coisa ou outra. Nós somos assim. O Carnaval é assim. E Schumann era capaz de ver as múltiplas faces das pessoas, tanto as máscaras quanto os rostos nus. Isso porque ele próprio era uma pessoa de alma profundamente cindida. Alguém que vivia sufocado na fresta entre o rosto e a máscara.

* * *

Ao ouvir isso, pensei que talvez ela quisesse dizer "máscaras feias e rostos belos, máscaras belas e rostos feios". Quem sabe estivesse me dizendo algo sobre si mesma.

— Em algumas pessoas, a máscara pode ter aderido de tal forma ao rosto que se torna impossível tirá-la — falei.

— É, talvez isso seja verdade — respondeu ela, em voz baixa. E deu um pequeno sorriso. — Mas mesmo que a máscara fique presa e não saia mais, isso não muda o fato de que, embaixo dela, existe o rosto nu.

— É só que ninguém mais pode vê-lo.

Ela balançou a cabeça.

— Deve haver quem consiga. Certamente há, em algum lugar.

— Mas Robert Schumann, que podia ver tudo isso, no fim das contas não foi feliz. Com a sífilis, a esquizofrenia, os maus espíritos.

— Por outro lado, deixou para a posteridade músicas maravilhosas como essa. Escreveu obras incríveis que ninguém mais seria capaz de escrever — disse ela. E estalou com grande ruído os dedos das duas mãos, em ordem. — Graças à sífilis, à esquizofrenia, aos maus espíritos. A felicidade é completamente relativa. Não é?

— Talvez seja — falei.

— Vladimir Horowitz certa vez gravou a *Sonata em fá menor* de Schumann para uma rádio — disse ela. — Você já ouviu essa história?

— Acho que não — respondi. A *Sonata para piano nº 3* de Schumann é um negócio dificílimo de ouvir e (imagino) de tocar.

— Dizem que ao ouvir a própria performance no rádio, ele levou às mãos a cabeça e ficou arrasado. Falou que estava péssimo.

Ela passou algum tempo girando na mão a taça de vinho tinto pela metade e encarando seu conteúdo antes de continuar.

— Depois ele declarou: "Schumann era louco, e eu desperdicei sua loucura". Não é uma coisa incrível de se dizer?

— Maravilhosa — concordei.

Apesar de achá-la, em certo sentido, bastante atraente, eu não me interessava por ela de maneira sexual. Nesse aspecto, o julgamento de minha esposa estava correto. Mas se eu não quis me relacionar fisicamente com ela não foi porque ela era feia. Não creio que sua feiura teria sido um empecilho para termos uma relação desse tipo. Se não dormi com ela — quer dizer, se não tive vontade de fazer isso —, desconfio que tenha sido não por causa da beleza ou da feiura de sua máscara, mas porque eu temia ver o que me aguardava por baixo dela. Quer fosse o rosto de um demônio ou de um anjo.

Quando chegou outubro, não consegui mais falar com F*. Liguei várias vezes porque tinha conseguido dois CDs novos (e bem interessantes) com gravações de *Carnaval* e queria ouvi-los com ela, mas as ligações iam direto para a caixa postal. Deixei algumas mensagens, mas ela não respondeu. Assim se passaram várias semanas de outono. Outubro chegou ao fim, entramos em novembro, as pessoas começaram a vestir seus sobretudos. Era a primeira vez que eu passava tanto tempo sem saber dela desde que havíamos ficado amigos. Talvez tivesse ido fazer uma viagem longa. Ou quem sabe não estivesse bem de saúde.

Quem a viu na televisão pela primeira vez foi minha esposa. Eu estava sentado à mesa no escritório, trabalhando.

— Não entendi muito bem por quê, mas sua namorada está na televisão! — disse ela.

Na verdade, ela nunca dizia o nome de F*. Era sempre "sua namorada". Mas quando cheguei até a televisão a notícia já havia terminado e estavam falando sobre um filhote de panda.

Esperei chegar o meio-dia para assistir à edição seguinte do noticiário. Ela apareceu na quarta notícia. Estava saindo de um prédio com cara de delegacia, descendo as escadas e entrando em uma minivan preta. Todos os seus movimentos nesse pequeno percurso foram filmados. Não havia dúvida de que era F*. Seria impossível confundir seu rosto. Ela parecia estar algemada, com as duas mãos à frente do corpo cobertas por um casaco escuro. Caminhava com uma policial de cada lado segurando seus braços. Não tinha o olhar baixo nem nada assim. Olhava para a frente, impassível, os lábios cerrados. Só que não havia expressão alguma em seus olhos. Pareciam olhos de peixe. Exceto pelo cabelo levemente despenteado, não tinha nada diferente na sua aparência. Mas faltava *algo* no rosto exibido na tela da televisão, a vivacidade que sempre vi nele. Quem sabe F* a escondera, de propósito, sob sua máscara.

A âncora do noticiário disse o nome real de F* e informou que ela fora levada à delegacia X como cúmplice em um esquema de fraude em grande escala. Aparentemente, quem encabeçava o esquema era o marido, que já havia sido preso alguns dias antes. Também mostraram imagens da prisão dele. Foi então que o vi pela primeira vez, e ele tinha um rosto tão belo que perdi a fala. Era um homem de aparência tão perfeita que não parecia real, do tipo que poderia ser modelo profissional. Contava oito anos a menos do que ela.

O fato de F* ser casada com um homem lindo e oito anos mais novo não era motivo para eu ter ficado chocado, é claro. O que não falta por aí são casais de aparência discrepante. Conheço vários assim. Apesar disso, não pude deixar de me espantar ao imaginar F* e esse marido espantosamente boni-to levando uma vida comum de casados num apartamento estiloso em Daikanyama. Imagino que muitas pessoas, ao verem essa notícia, tenham se surpreendido com a gritante diferença na aparência dos dois, mas o desconforto que senti naquele momento foi muito mais pessoal e localizado. Minha pele chegou a arder em alguns pontos. Havia algo de insalubre nesse sentimento. E também uma sensação inescapável de impotência, como quando nos descobrimos vítimas de um golpe elaborado.

Os dois tinham sido presos por fraude em gestão de ativos. Haviam aberto uma empresa qualquer de investimentos e pegavam o dinheiro de cidadãos comuns, prometendo gran-des lucros, mas na prática não investiam nada, só jogavam o dinheiro de lá para cá, tapando buracos de qualquer jeito. Uma peripécia fadada, cedo ou tarde, ao fracasso. Eu não conseguia compreender como ela, uma mulher de evidente inteligência, uma mulher que amava e compreendia o piano de Schumann, fora se envolver em um crime tão simplório e estúpido, tomando um caminho sem volta. Talvez houvesse em sua relação com aquele homem alguma força negativa que a enredara num redemoinho. Talvez no centro desse re-demoinho se escondessem os seus maus espíritos. Era a única possibilidade que me ocorria.

A soma total de perdas causadas pelo esquema ultrapassava 1 bilhão de ienes, e a maior parte das vítimas eram idosos que viviam de aposentadoria. Vários deles apareceram na tela, desorientados ao descobrir que todos os preciosos fundos com os quais contavam para a velhice tinham sido roubados. Era uma situação trágica, mas provavelmente não havia como recuperar o dinheiro. E, no fim das contas, aquele era um crime banal e comum. Por algum motivo, muita gente se deixa levar por mentiras banais. Talvez seja justamente essa banalidade que as atrai. Neste mundo não faltam caloteiros, nem patos para cair em sua conversa. Por mais que os comentaristas da televisão se revoltem e tentem debater, este é um fato tão evidente quanto o fluxo e refluxo das marés.

— Então, o que você vai fazer? — perguntou minha esposa quando o noticiário acabou.

— Como assim? Não há o que fazer — respondi, desligando a televisão com o controle remoto.

— Mas ela é sua amiga, não é?

— A gente se encontrava às vezes e falava sobre música, só isso. Não sei nada sobre ela.

— Ela nunca propôs nenhum investimento?

Balancei a cabeça, em silêncio. O que quer que ela fizesse, não havia tentado me envolver em nada daquilo. Era tudo que eu podia afirmar.

— Eu não a conhecia muito bem, mas nunca achei que fosse capaz de fazer algo tão terrível — disse minha esposa.

— Nunca dá para saber, não é?

Bom, não é como se não desse mesmo para saber, pensei na hora. F* possuía um tipo especial de magnetismo. E uma força — algo na sua aparência extraordinária — capaz de penetrar o coração das pessoas. Foi isso que atiçou minha curiosidade em relação a ela. Esse seu magnetismo peculiar, aliado à enorme beleza do marido, talvez tornasse muitas coisas possíveis. Talvez essa combinação atraísse as pessoas de maneira irresistível. Podia ser que surgisse ali uma espécie de equação do mal que superava o senso comum e a lógica. Muito embora fosse impossível adivinhar como aquelas duas pessoas tão diferentes haviam se transformado em uma unidade.

Os noticiários continuaram falando sobre o crime e mostrando aquelas mesmas imagens por alguns dias. Ela sempre olhando para a frente com seu olhar de peixe, o jovem e belo marido de rosto bem talhado encarando as câmeras, os cantos dos lábios finos erguidos de leve, provavelmente por reflexo. O tipo de sorriso profissional que têm os atores de cinema. Parecia que ele estava sorrindo para o mundo todo. Dava para dizer que seu rosto parecia uma máscara muito bem-feita. De qualquer forma, uma semana depois o caso já estava praticamente esquecido. As emissoras de televisão, pelo menos, perderam o interesse. Continuei acompanhando pelos jornais e revistas semanais, mas o assunto foi definhando até desaparecer, como um veio de água tragado pela areia.

E então F* desapareceu completamente da minha vida. Eu não tinha a menor ideia do seu paradeiro. Não havia como saber se estava na prisão ou se pagara fiança e voltara para casa. Nenhuma matéria mencionava o julgamento, mas era bastante provável que o caso tivesse sido julgado — e, considerando o montante envolvido no crime, ela deve ter sido sentenciada a algum tempo de prisão. Pelo que li nos jornais e revistas, não havia dúvida da sua participação ativa para burlar a lei.

Muito tempo já se passou desde então, mas, ainda hoje, quando vejo *Carnaval* no programa de algum concerto, faço questão de assistir, e nessas ocasiões sempre observo com muita atenção toda a plateia, depois o saguão, enquanto tomo vinho. Nunca a encontrei em meio ao público.

Também sigo comprando todos os CDs que são lançados com interpretações dessa obra e registrando minha avaliação de cada um deles em meu caderno. A essa altura já saíram várias novas gravações, mas meu *Carnaval* número um continua sendo o mesmo, o de Rubinstein. O piano de Rubinstein não arranca as máscaras de ninguém à força. Apenas sopra, como uma brisa delicada, pela fresta entre a máscara e o rosto.

A felicidade é completamente relativa. Não é?

Agora outra história, que nos leva para um passado ainda mais longínquo.

Uma vez, quando eu era estudante, saí com uma menina que não chegava a ser feia, mas não era muito atraente. Acho que posso dizer que ela *realmente* não era nada atraente. Um amigo me convidou para fazer um encontro duplo com ele e a namorada, e chamou essa menina para ser meu par. Ela era um ano mais nova que eu e morava no dormitório da namorada do meu amigo, em uma universidade só para mulheres. Fizemos uma refeição rápida, os quatro juntos, depois nos separamos em dois casais. Era o final do outono.

Eu e ela passeamos por um parque, depois nos sentamos em um café e ficamos conversando. Ela era baixinha, tinha olhos pequenos e parecia ser uma boa pessoa. Falava baixo, com uma voz tímida porém distinta. Devia ter cordas vocais de qualidade. Disse que fazia parte do clube de tênis da faculdade. Os pais eram fãs do esporte e desde criança ela sempre jogara com eles. Tive a impressão de que eram uma família saudável. E unida. Mas eu praticamente nunca jogara tênis, então não tinha muito a dizer sobre o assunto. Eu gostava de jazz, enquanto ela não sabia quase nada sobre esse tipo de música. Era difícil encontrar assuntos em comum. Mas ela quis ouvir sobre jazz, então comecei um monólogo sobre Miles Davis e Art Pepper. Contei sobre como havia começado a gostar de jazz, o que achava legal nesse tipo de música. Ela me ouviu atentamente, só que não sei o quanto compreendeu. Depois disso a acompanhei até a estação, onde nos separamos.

Na despedida, peguei o telefone do dormitório dela. Ela o anotou em uma página em branco da agenda, que arrancou com cuidado e me entregou. Mas acabei nunca ligando para ela.

Quando encontrei o amigo que havia me convidado para o encontro duplo, ele se desculpou:

— Foi mal por ter chamado uma menina tão feia no outro dia. Na verdade a gente ia te apresentar uma mais bonita, mas ela teve um compromisso de última hora e acabamos levando essa outra no lugar. Não havia mais ninguém no dormitório naquela hora. Minha namorada também achou sacanagem com você. Uma hora dessas a gente compensa, tudo bem?

Depois de ouvir esse pedido de desculpas, pensei que precisava ligar para ela. De fato, ela não era bonita. Mas também não era simplesmente uma *menina feia*. Há uma pequena diferença entre as duas coisas. E eu não queria ignorar essa diferença. Para mim isso era, por assim dizer, uma questão importante. Talvez eu não quisesse namorá-la — provavelmente não —, mas podíamos nos encontrar e conversar mais uma vez. Não sei sobre o quê, mas certamente daria para achar algum assunto. Nem que fosse só para não fazer dela uma simples *menina feia*.

O problema é que não consegui encontrar o papel onde ela tinha anotado seu telefone. Eu jurava que tinha deixado num bolso do casaco, mas ele não estava ali. Talvez eu tenha jogado fora por engano, junto com recibos inúteis e coisas assim. Deve ter sido isso. Seja como for, não consegui ligar para ela. Se eu perguntasse ao meu amigo ele provavelmente me daria o telefone do dormitório, mas não me animei a fazer isso por preguiça de lidar com a reação dele.

Durante muito tempo me esqueci completamente desses acontecimentos. Nunca mais pensei no assunto. Mas agora, ao escrever sobre F* e falar sobre a sua aparência, de repente essa história voltou muito vividamente à minha memória.

No outono dos meus vinte anos, saí apenas uma vez com essa menina *que não tinha a melhor das aparências*, e caminhamos juntos num parque ao entardecer. Tomando café, expliquei a ela em detalhes o jeito incrível como o sax alto de Art Pepper às vezes fazia um tipo de rangido. Que isso não era um mero erro, mas uma importante expressão de seu estado emocional (sim, usei realmente as palavras "expressão de seu estado emocional"). E, depois, perdi para sempre o papel onde ela anotara seu telefone. "Para sempre", desnecessário dizer, é bastante tempo.

Esses foram apenas dois pequenos episódios da minha vida insignificante. Meros desvios no caminho. Minha vida provavelmente não seria diferente do que é hoje se não tivessem acontecido. Mas às vezes essas memórias atravessam um longo percurso lá de longe e vêm me visitar. E então abalam meu coração com uma força surpreendente. Como o vento noturno do fim do outono, que sacode as folhas das árvores nos bosques, deita o capim nas planícies e bate com violência as portas das casas.

A confissão do macaco de Shinagawa

Conheci esse velho macaco em uma hospedaria na região de águas termais de M*, na província de Gunma, uns cinco anos atrás. Foi uma sequência de acasos que me levou a me hospedar nesse estabelecimento rústico — na verdade, decrépito.

Eu estava viajando sozinho, sem rumo, e desci do trem nessa pequena cidade de águas termais quando já passava das sete da noite. Era final do outono, e a escuridão azul-marinho e profunda característica das regiões montanhosas envolvia tudo. O vento noturno, gelado e penetrante, soprava do cume e revolvia as folhas — do tamanho de uma palma da mão — caídas sobre a rua, fazendo um ruído seco.

Caminhei pelo centro da cidade em busca de algum lugar para passar a noite, mas era difícil encontrar uma pousada decente que aceitasse hóspedes depois da hora do jantar. Depois de levar com a porta na cara em uns cinco ou seis lugares, acabei chegando a uma região mais afastada, um pouco decadente, onde consegui um quarto, sem refeição, na dita hospedaria. Ela tinha um ar desolado e passava a impressão de uma estalagem barata de antigamente. A construção já demonstrava bastante idade, e a pátina do tempo não lhe trouxera nenhum charme. Ficara apenas velha. Várias das portas e janelas pareciam tortas. Os consertos deviam ter sido feitos aos poucos, conforme a necessidade, sem preocupação em respeitar a construção original. Era impossível imaginar que resistiria ao próximo terremoto. Só me restava torcer para que não houvesse nenhum grande tremor entre aquele dia e o seguinte.

A hospedaria não servia jantar, mas a diária incluía o café da manhã e era espantosamente barata. Logo diante da entrada havia um balcão simples, onde um velho sem nenhum fio de cabelo nem sobrancelhas me cobrou o pagamento adiantado. A ausência de sobrancelhas dava a seus olhões um brilho singular. Um grande gato marrom, também bastante velho, dormia a sono solto em uma almofada ao lado do homem. Devia ter algum problema respiratório, pois roncava alto demais. Volta e meia o ritmo de sua respiração se desorganizava de maneira aflitiva. Tudo ali parecia encarquilhado, antigo e desgastado.

O quarto para o qual fui levado era apertado como uma despensa, a lâmpada era fraca, e a cada passo o chão de tatame rangia com um som agourento. Mas eu não podia pedir demais. Precisava ser grato por ter um teto sobre a cabeça e um futon onde me deitar e dormir.

Deixei no quarto minha única bagagem, uma bolsa grandinha de pendurar no ombro, voltei a sair à rua (não era um quarto que convidasse a ficar e relaxar) e comi uma refeição simples num restaurante de *soba*. Era o único lugar aberto nas redondezas. Pedi uma cerveja, alguns petiscos e um *soba* quente. O caldo estava morno e não posso dizer que a massa fosse gostosa, mas, bom, não dava para pedir demais. Era bem melhor do que dormir de barriga vazia. Saindo do restaurante, procurei uma loja de conveniência para comprar algum tira-gosto e uma garrafinha de uísque, mas não achei nenhuma. As únicas coisas abertas depois das oito eram as pequenas barracas de tiro ao alvo típicas das cidades de águas termais. Resignado, voltei para a pousada, vesti o *yukata* oferecido por eles e desci para o ofurô, que ficava no térreo.

Comparado com o estado deplorável do prédio e das instalações, o banho termal era maravilhoso. A água tinha uma cor verde intensa, sem nenhum sinal de ter sido diluída, um cheiro forte de enxofre como não se vê mais hoje em dia, e aquecia o corpo até o âmago. Não havia mais ninguém no ofurô além de mim (nem sei dizer se havia mais algum hóspede na pousada), então pude aproveitar o banho à vontade, sem pressa. Depois de algum tempo mergulhado na água quente comecei a ficar zonzo, então saí para esfriar o corpo e em seguida voltei a entrar. Pensei que, no fim das contas, talvez tivesse sido até melhor me hospedar naquele lugar decadente. Aquilo era muito mais relaxante do que dar de cara com excursões de turistas barulhentos.

Foi quando imergi na água quente pela terceira vez que o macaco abriu a porta de vidro de correr e entrou na sala de banho com um "com licença" baixinho. Demorou algum tempo para eu perceber que se tratava de um macaco. Eu já estava um bocado tonto por causa da água quente, e de qualquer maneira ninguém espera que um macaco diga alguma coisa, então não consegui juntar de imediato a imagem diante de mim e a ideia do animal. Passei um tempo encarando, confuso, a figura em meio ao vapor.

Depois de fechar a porta atrás de si, o macaco arrumou as bacias de madeira espalhadas pelo chão e mergulhou um grande termômetro na água para checar a temperatura. Na hora de ler o mostrador, apertou os olhos, como um bacteriologista tentando identificar um novo microrganismo patogênico.

— Como está a água, senhor? — perguntou ele.

— Excelente, obrigado — respondi.

Minha voz ressoou densa e macia no vapor. Cheguei a sentir algo de mítico naquela sonoridade. Não parecia minha própria voz. Era como um eco antigo vindo do interior de uma floresta. Um eco que... não, espera aí, o que esse macaco está fazendo aqui, falando que nem gente?

— Gostaria que eu lavasse suas costas, senhor? — perguntou ele, sempre em voz baixa. Tinha um timbre surpreendente, lustroso como o barítono de um grupo de cantores de doo-wop. Também não havia nada de estranho na forma como ele falava — se eu fechasse os olhos, pensaria que era uma pessoa qualquer falando.

— Ah, sim, obrigado — falei. Não que eu quisesse particularmente que alguém lavasse minhas costas, mas temi que, se recusasse, ficasse parecendo que era por não querer deixar um *macaco* lavar minhas costas. Ele estava oferecendo por gentileza e eu não queria ferir seus sentimentos. Então saí devagar da água e me sentei em um dos pequenos banquinhos de madeira, de costas para ele.

O macaco não estava vestido. Macacos não costumam usar roupa, é claro, então não estranhei. Ele parecia já ter alguma idade, com a pelagem cheia de fios grisalhos. Pegou uma toalha, passou sabonete nela e esfregou minhas costas com gestos hábeis e experientes.

— Esfriou bastante esses dias, não é?

— Com certeza.

— Daqui a pouco este lugar vai estar coberto de neve. E então precisaremos removê-la dos telhados. É bem trabalhoso.

Depois de uma pausa, tomei coragem e perguntei:

— Quer dizer então que você fala língua de gente?

— Sim, senhor — respondeu ele, prontamente. Devia ouvir muito essa pergunta. — Fui criado por humanos quando era pequeno, acabei aprendendo a falar. Vivi por muito tempo em Tóquio, em Shinagawa.

— Qual parte de Shinagawa?

— Gotenyama.

— É uma região ótima.

— Realmente é um bairro muito agradável, como o senhor deve saber. Pude aproveitar bastante a natureza, por ser próximo do parque Gotenyama.

A conversa se interrompeu nesse momento. O macaco continuou esfregando com vigor minhas costas (era bem gostoso), e enquanto isso tentei organizar minhas ideias de maneira lógica. Um macaco criado em Shinagawa? O parque Gotenyama? Como era possível um macaco falar a língua humana com tanta fluência? Mas não havia dúvida de que ele era mesmo um macaco. Um macaco e nada mais.

— Moro em Minato-ku — falei. Uma colocação totalmente inútil.

— Ah, então é bem próximo — comentou o macaco, simpático.

— Quem foi que o criou em Shinagawa? — perguntei.

— O meu senhor era professor universitário. Era da área de física e lecionava na universidade Tokyo Gakugei.

— Ah, um intelectual.

— Exato. Era um grande apreciador de música, sobretudo Bruckner e Richard Strauss. Então também acabei gostando desse tipo de coisa, de tanto ouvir desde criança. Peguei de berço.

— Você gosta de Bruckner?

— Sim, sou um grande fã da *Sinfonia nº 7*. Principalmente o terceiro movimento. É uma música que me dá muito ânimo.

— Eu ouço muito a *Sinfonia nº 9* — falei, em mais uma declaração inútil.

— Sim, é uma composição belíssima — concordou o macaco.

— E foi esse professor que te ensinou a falar?

— Isso. Ele não tinha filhos, então, talvez para compensar esse fato, me deu uma educação primorosa. Era uma pessoa extremamente paciente, que valorizava a constância acima de tudo. Um homem sério que dizia que o caminho da sabedoria é a repetição correta da verdade. A esposa era uma pessoa de poucas palavras mas muito gentil, foi muito boa para mim. Eram um casal unido e... sei que não se deve dizer essas coisas a terceiros, mas tinham atividades noturnas bastante intensas.

— Uau — falei.

Por fim o macaco terminou de lavar minhas costas e fez uma mesura.

— Com sua licença, senhor.

— Muito obrigado — falei. — Foi ótimo. A propósito, você trabalha aqui?

— Isso mesmo, senhor. Sou funcionário da hospedaria. As pousadas maiores e mais elegantes não contratariam um mero macaco. Mas aqui estão sempre precisando de mão de obra, e, contanto que você trabalhe bem, não se importam que seja um macaco ou qualquer outra coisa. Bem, pelo fato de ser macaco tenho um salário irrisório, e só me dão serviços discretos. Se aparecesse um macaco para servir o chá, por exemplo, os hóspedes levariam um susto, não é? E, se eu trabalhasse na cozinha, poderia'haver problemas com a vigilância sanitária.

— Faz tempo que você trabalha aqui?

— Já vai completar três anos, senhor.

— Imagino que você tenha passado por maus bocados até conseguir se estabelecer neste lugar, não é? — perguntei.

O macaco assentiu com convicção.

— É verdade.

Hesitei um pouco, depois tomei coragem e perguntei:

— Será que poderia me contar um pouco mais sobre você, se não se importar?

O macaco pensou um pouco e disse:

— Tudo bem. Só imagino que não será tão interessante quanto o senhor espera... Termino meu turno às dez e poderia encontrá-lo em seu quarto logo depois. O que o senhor acha?

Eu disse que achava uma ótima ideia.

— Agradeço se você puder trazer uma cerveja também — acrescentei.

— Sem problema. Bem gelada. Pode ser Sapporo?

— Claro. Aliás, você também bebe?

— Sim, graças a deus eu também dou os meus goles.

— Então traga duas garrafas grandes.

— Tudo bem. Se não me engano o senhor está hospedado no quarto "Costa de Recifes", no segundo andar, certo?

Respondi que era isso mesmo.

— É engraçado, não é, senhor? Estamos tão embrenhados na montanha, e o quarto se chama "Costa de Recifes" — riu o macaco, divertido. Era a primeira vez na vida que eu via um macaco dar risada. Mas, afinal, macacos deviam ser capazes de rir e de chorar. Se podiam até falar...

— Aliás, você tem um nome? — perguntei.

— Não possuo um nome propriamente dito, senhor, mas todos me chamam de macaco de Shinagawa.

O macaco abriu a porta de correr, virou-se para mim, fez uma reverência educada e voltou a fechá-la, com cuidado.

Um pouco depois das dez, o macaco apareceu no meu quarto trazendo uma bandeja com duas garrafas de cerveja.

(Como ele dissera, eu não conseguia entender como alguém pudera chamá-lo de "Costa de Recifes". Era um cômodo simplório, apertado como um armário, e não havia absolutamente nada nele que lembrasse uma costa de recifes.) Além das cervejas, havia na bandeja um abridor de garrafas, dois copos, um pacote de lula desidratada e um de salgadinhos com amendoim. Era um macaco muito atencioso.

Agora ele estava vestido. Usava uma camiseta grossa de mangas compridas com a estampa "I ♥ NY" e calças cinza de moletom. Deviam ser roupas herdadas de alguma criança.

O quarto não tinha nenhum tipo de mesa, então nos sentamos em almofadas no chão, lado a lado, e apoiamos as costas na parede. O macaco abriu uma das garrafas e serviu dois copos. Brindamos sem dizer nada.

— À sua saúde — disse o macaco, e tomou a cerveja gelada em grandes goles, com muito gosto.

Bebi do mesmo jeito. Tomar cerveja sentado ao lado de um macaco pareceu na verdade um pouco esquisito. Mas talvez seja uma questão de hábito.

— Ah, nada como uma boa cerveja depois do trabalho — disse o macaco, limpando a boca com as costas peludas da mão. — Mas, sendo um macaco, não tenho muitas oportunidades de beber assim.

— Você mora aqui mesmo, na hospedaria?

— Sim. Eles me deixam usar um quartinho, uma espécie de sótão. Não é muito relaxante, porque vez ou outra aparece um rato ou coisa assim, mas afinal sou um macaco, então devo ser grato por ter um lugar quentinho para dormir e três refeições todos os dias. Mesmo que não seja assim... um paraíso.

O macaco esvaziou o copo, então servi mais um.

— Muito agradecido — disse ele, educado.

— Você já viveu com seus pares, quero dizer, com outros macacos, em vez de pessoas? — perguntei. Havia muitas coisas que eu queria saber.

— Já, várias vezes — respondeu ele, e seu rosto se anuviou de leve. As rugas ao redor dos olhos se acumularam e ficaram mais fundas. — Por uma série de razões, fui tirado de Shinagawa e largado em Takasakiyama, uma montanha cheia de macacos. De início achei que conseguiria levar uma vida tranquila por lá, mas no fim das contas não deu tão certo. Afinal, fui criado numa casa humana, por um professor universitário e sua esposa... Então não conseguia me entender de verdade com os outros macacos, embora sentisse muita consideração por eles. Não tínhamos assuntos em comum, a comunicação não fluía bem. Eles zombavam de mim, me atormentavam, comentavam sobre o meu sotaque... As fêmeas ficavam me espiando, rindo e cochichando. Os macacos são sensíveis às menores diferenças. Creio que, para eles, havia algo de cômico nas minhas maneiras, ou alguma coisa que causava irritação e desconforto. Com tudo isso, a situação foi ficando cada vez mais difícil, até que acabei indo viver sozinho, longe do bando. Um verdadeiro macaco desgarrado.

— Deve ter sido muito solitário.

— É, foi mesmo. Sem ninguém para me estender a mão, tendo que me virar para arranjar comida e sobreviver... Mas o mais difícil era não poder me comunicar com ninguém. Eu não conseguia falar nem com os macacos nem com os humanos. A solidão é uma coisa muito triste. Há muita gente que mora em Takasakiyama, claro, mas nem por isso eu podia sair conversando com o primeiro que aparecesse. Certamente causaria um grande alvoroço. Ou seja, me tornei um macaco solitário, nesse espaço nem lá nem cá, alijado da sociedade dos macacos e da sociedade dos humanos.

— E não dava para ouvir Bruckner.

— É verdade. Naquele mundo não existia Bruckner — disse o macaco de Shinagawa. E tomou mais um gole de cerveja. Observei seu rosto com atenção, mas ele não estava ficando mais vermelho do que já era. Talvez fosse um macaco bom de copo. Ou talvez, em se tratando de um macaco, a embriaguez não transparecesse na cor do rosto.

— Outra coisa que me atormentava era minha relação com as fêmeas.

— Puxa — comentei. — Como assim, sua relação com as fêmeas?

— Para falar com todas as letras, o fato é que nunca nutri desejo pelas macacas. Tive algumas oportunidades de estar com elas, mas, para ser sincero, nunca senti vontade.

— Mesmo sendo um macaco, você não tinha desejo pelas macacas?

— Exatamente. Fico constrangido em dizer isso, mas a verdade é que, em algum momento, percebi que só conseguia sentir paixão por fêmeas humanas.

Terminei meu copo de cerveja em silêncio. Depois abri o pacote de salgadinhos e virei alguns na palma da mão.

— Posso imaginar que isso seja bem inconveniente.

— Sim, *bastante* inconveniente. Afinal, sendo um macaco, não posso esperar que nenhuma fêmea humana corresponda espontaneamente aos meus desejos. Também deve ser errado do ponto de vista genético.

Permaneci calado, esperando que ele continuasse. O macaco passou um tempo coçando atrás da orelha, mas por fim voltou a falar.

— Por causa disso, precisei desenvolver outros métodos para me livrar dessa minha paixão insaciada.

— Que tipo de método, por exemplo?

Por um instante as rugas no cenho do macaco se apertaram. Seu rosto vermelho pareceu se nublar.

— Não sei se o senhor vai acreditar em mim — disse ele. — Quer dizer, desconfio que não. Mas comecei a roubar os nomes das mulheres por quem me apaixonava.

— Roubar os nomes?

— Sim. Não sei bem por quê, mas tenho esse estranho poder, desde que nasci. Sou capaz de roubar o nome de qualquer pessoa e torná-lo meu, se quiser.

Comecei a ficar confuso outra vez.

— Não estou entendendo bem. Roubar o nome de alguém significa que a pessoa perde o próprio nome?

— Não, ela não perde o nome por completo. O que eu roubo é só um pedaço do nome, uma fração. Mas pode acontecer de, ao ter essa parte tomada, o nome perder um pouco da densidade, ficar mais leve. Como quando o sol está meio encoberto e a sombra que projetamos no chão fica mais clara. Em certos casos a pessoa nem percebe exatamente que houve um tipo de perda. Ela só acha que tem alguma coisa um pouco estranha.

— Mas também há quem perceba com clareza que teve uma parte do nome roubada?

— Sim. Algumas percebem, sem dúvida. Pode acontecer de não conseguirem se lembrar do próprio nome. Nem preciso dizer que isso é um bocado inconveniente, causa muitos transtornos. E às vezes elas deixam de reconhecer o nome pelo qual são chamadas. Em alguns casos isso pode levar a uma crise de identidade. E é tudo culpa minha, porque roubei o nome delas. Me sinto muito mal por isso. Minha consciência pesa terrivelmente. Mas, mesmo sabendo que é errado, não consigo evitar. Não digo isso para me justificar, mas a dopamina me obriga. Ela fica me dizendo, *Vai lá, pega o nome, não é como se fosse ilegal nem nada assim...*

Cruzei os braços e passei um tempo olhando para o macaco. Dopamina? Por fim, disse:

— E são apenas os nomes das mulheres por quem se apaixona ou por quem sente desejo que você rouba, certo?

— Sim, claro. Não saio por aí roubando o nome de qualquer um, seria absurdo.

— Quantos nomes já roubou até agora?

O macaco contou nos dedos, com cuidado. Enquanto contava, foi murmurando alguma coisa. Depois ergueu o rosto:

— No total, sete. Roubei o nome de sete mulheres.

Era um número alto ou baixo? De repente, eu não sabia dizer.

— Como é que se rouba um nome? — perguntei ao macaco. — Você se incomoda de me contar como faz?

— Bem... O mais importante é a força de vontade. Concentração, energia emocional. Mas apenas isso não basta, também é preciso ter em mãos algo físico onde esteja escrito o nome da pessoa. O ideal é um documento de identidade — carteira de habilitação, de estudante, cartão do plano de saúde, passaporte, esse tipo de coisa. Também pode ser um cartão de visita. Enfim, é preciso ter alguma coisa assim, concreta. Geralmente eu roubo o documento. É o único jeito. No fim das contas, sou um macaco, então tenho facilidade em me esgueirar para dentro do quarto ou da casa das pessoas. Aí procuro alguma coisa com o nome escrito e levo comigo.

— E aí, usando esse documento e a sua força de vontade, você rouba o nome dela.

— É. Encaro longamente o nome escrito no documento, concentro todos os meus sentimentos em um só ponto, e assim consigo surrupiar o nome da minha amada para dentro da minha consciência. Isso toma muito tempo, é bem desgastante em termos físicos e emocionais, mas, com concentração total, eu consigo. Então um pedaço dela se torna um pedaço de mim. E, dessa forma, posso satisfazer minha paixão inconveniente.

— Sem nenhum ato carnal?

O macaco assentiu com veemência.

— Sim, sou um mero macaco, não tomaria nenhuma atitude chula. Só pego para mim o nome das mulheres que amo. Isso basta. Sei que é um comportamento sexual meio ruim, mas ao mesmo tempo é puro e platônico. Eu apenas amo secretamente os nomes que guardo no peito. Como um vento delicado que sopra sobre uma campina.

— Uau! — exclamei, admirado. — Em certo sentido talvez seja possível dizer que essa é a forma mais extrema de amor romântico.

— Sim, creio que seja possível dizer isso. Mas essa é também a forma mais extrema de solidão. São como dois lados da mesma moeda, que estão completamente unidos e não podem ser separados.

A conversa então se interrompeu, e por um tempo eu e o macaco ficamos tomando cerveja em silêncio e comendo, devagar, a lula e os salgadinhos.

— Você roubou o nome de alguém recentemente?

O macaco balançou a cabeça. E agarrou com os dedos os pelos grossos e ásperos no braço. Como se quisesse checar, mais uma vez, que era mesmo um macaco.

— Não, recentemente não roubei o nome de ninguém. Desde que vim para esta cidade decidi abandonar esse comportamento. Graças a deus, hoje em dia minha pequena alma de macaco conseguiu alcançar certa tranquilidade. Vivo dias serenos, apenas cuidando com carinho dos nomes das sete mulheres que roubei e guardo no coração.

— Fico feliz em ouvir isso — falei.

— Talvez seja um pouco presunçoso da minha parte, mas o senhor gostaria de ouvir o que este modesto macaco tem a dizer sobre o amor?

— Claro — respondi.

O macaco piscou algumas vezes. Seus longos cílios se moveram para cima e para baixo como folhas de palmeira ao balanço do vento. Em seguida, inspirou uma vez, devagar. Como um corredor de salto em distância tomando fôlego antes de começar a correr.

— O que eu penso é que o amor é um combustível imprescindível para que possamos continuar vivendo. O amor um dia pode acabar. Pode nunca dar frutos. No entanto, mesmo que desapareça, mesmo que não dê certo, é possível levarmos conosco a memória de termos amado alguém, de termos nos apaixonado por alguém. E isso se torna uma preciosa fonte de energia. Sem essa energia, o coração das pessoas, e dos macacos, seria um deserto árido e gélido. Uma terra que passa os dias intocada pelos raios do sol, onde não cresce nem a relva florida do bem-estar nem as árvores da esperança. É por isso que guardo com muito cuidado em meu coração — o macaco levou a mão peluda ao peito — os nomes das sete belas mulheres que amei. À minha maneira, faço deles um modesto combustível, cujo parco calor aquece meu corpo nas noites frias. E assim, pessoalmente, pretendo ir levando os dias que me restam nesta terra.

O macaco riu baixinho mais uma vez e balançou de leve a cabeça.

— Fica estranho eu usar essa palavra, não é? "Pessoalmente". Contraditório, eu diria. Afinal, não sou uma pessoa. Hehehe.

Quando terminamos as duas garrafas de cerveja, já eram quase 23h30. O macaco disse que precisava se retirar em breve.

— Acabei ficando à vontade e falando demais. Perdão.

— Não, foi muito interessante — falei. Talvez "interessante" não fosse o termo mais adequado. Afinal, conversar com um macaco tomando cerveja já era, por si só, uma experiência bastante peculiar. Se esse macaco era fã de Bruckner e roubava os nomes de fêmeas humanas levado pelo desejo (ou pela paixão), a coisa toda ultrapassava o terreno do interessante e entrava na categoria do absurdo. Mas escolhi a maneira mais delicada de me expressar, para não abalar desnecessariamente seus sentimentos.

Ao me despedir, dei a ele dois mil ienes, como gorjeta.

— Não é muita coisa, mas compre alguma comida gostosa.

A princípio o macaco recusou com determinação, mas insisti até que aceitasse. Então ele dobrou as notas e as guardou com cuidado no bolso da calça de moletom.

— Muito obrigado. Não tenho palavras para agradecer por essa oportunidade de contar minhas tolas anedotas de macaco, tomar uma deliciosa cerveja e ainda receber um presente tão generoso.

Então o macaco juntou as garrafas vazias e os copos e partiu levando a bandeja.

Na manhã no dia seguinte saí da pousada e voltei direto para Tóquio. Não vi o macaco ao partir. Na recepção, não encontrei nem o velho esquisito sem cabelo e sobrancelha nem o gato de nariz entupido, e quando disse à senhora mal-humorada que estava em seu lugar que queria pagar pelas duas garrafas de cerveja da noite anterior, ela declarou que não haviam servido cerveja alguma. Que inclusive a única cerveja disponível na pousada era em lata, vendida na máquina automática.

Voltei a ficar confuso. Tive a sensação de que o real e o irreal ficavam trocando de lugar numa dança sem pé nem cabeça. Não havia dúvida de que, na noite anterior, eu dividira duas Sapporo grandes bem geladas com um macaco e o ouvira contar sobre sua vida.

Pensei em perguntar à senhora sobre o macaco, mas reconsiderei e desisti. Era possível que o tal macaco sequer existisse e tudo aquilo não passasse de uma fantasia criada na minha cabeça confusa pelo banho quente. Ou quem sabe eu havia tido um sonho muito longo e realista. Nesse caso, seria esquisito se eu perguntasse a ela se havia ali na pousada um macaco idoso capaz de falar, e eu corria até o risco de ser tratado como louco. Também era possível que eles não pudessem admitir abertamente que empregavam um macaco, por questões tributárias ou de seguro (o que não seria de espantar).

No trem de volta, repassei na memória tudo que o macaco havia me dito, cada detalhe, desde o começo, e anotei em meu caderno de trabalho tão precisamente quanto consegui. Pretendia organizar tudo numa só narrativa assim que chegasse a Tóquio.

Mesmo que o macaco fosse real — e eu só conseguia pensar que fosse —, eu não sabia se deveria acreditar em tudo que ele me dissera enquanto bebíamos. Será que era mesmo possível roubar o nome de uma mulher e tomá-lo para si? Seria essa uma habilidade especial que apenas o macaco de Shinagawa possuía? Como garantir que não se tratava de um macaco mitômano? Eu nunca tinha ouvido falar em macacos mitômanos, é claro, mas não seria de estranhar se existisse algum.

Na minha profissão, eu já ouvira muitas pessoas contando todo tipo de histórias, e no geral conseguia saber em quais dava ou não para acreditar. Conversando o suficiente, você percebe essas coisas de maneira intuitiva, por detalhes no jeito de quem fala e pelos vários sinais que ele (ou ela) emitem. E, considerando o que eu tinha observado, nada me levava a crer que aquela história do macaco de Shinagawa fosse inventada. Tudo nele era extremamente natural — os olhares e expressões, a forma como por vezes parava para refletir, as pequenas pausas, os vários gestos, as hesitações —, e não vi nenhuma indicação de que estivesse mentindo. Acima de tudo, eu não queria negar a sinceridade quase dolorosa da confissão que ele me havia feito.

Minha viagem despreocupada e solitária chegou ao fim e retomei a vida apressada da metrópole. Quanto mais velho vou ficando, mais ocupados parecem os meus dias, mesmo que eu não esteja fazendo nenhum trabalho muito complexo. O tempo corre numa velocidade cada vez maior. No fim das contas acabei não contando sobre o macaco de Shinagawa a ninguém, nem escrevendo nada sobre ele. Pensei que jamais acreditariam em mim. Com certeza diriam que eu estava mais uma vez inventando histórias. E se não escrevi sobre ele foi porque não consegui pensar em que formato poderia fazer isso. Era absurdo demais escrever sobre ele como se fosse real, e sem nenhuma prova concreta — em outras palavras, o macaco em si — para confirmar o que eu dizia ninguém me daria crédito. Por outro lado, o foco e a conclusão da história não eram claros o bastante para que ela funcionasse como ficção. Eu nem precisava escrevê-la para imaginar a cara consternada do meu editor ao terminar de ler. Talvez sua reação fosse algo como "não gosto de perguntar esse tipo de coisa para o próprio autor, mas afinal qual é o tema dessa história?".

Tema? Não tem tema nenhum. É só uma história sobre um velho macaco falante que mora numa pousada de águas termais em uma cidadezinha em Gunma, lava as costas de um hóspede, toma cerveja gelada e conta que roubou o nome de muitas fêmeas humanas por quem se apaixonou. Nada mais. Que tipo de tema ou moral poderia ter?

E assim, entre uma coisa e outra, a memória desse estranho acontecimento foi se apagando dentro de mim. Por mais intensa que seja uma lembrança, ela dificilmente vence a força do tempo.

Se agora, passados cinco anos, estou escrevendo esta história a partir das anotações que fiz naquela ocasião, é porque aconteceu uma coisa recentemente que me deixou um pouco inquieto. Não fosse por isso, talvez nunca escrevesse este texto.

Foi numa tarde em que me reuni com a editora de uma revista de turismo no café de um hotel em Akasaka. Ela tinha por volta de trinta anos e era uma mulher muito bonita. Pequena, de cabelo longo, pele viçosa e grandes olhos charmosos. Era também uma editora muito competente. E ainda solteira. Eu já havia trabalhado com ela algumas vezes e conhecia razoavelmente seu temperamento.

Nós estávamos tomando café e jogando conversa fora, depois de resolver as questões de trabalho, quando o celular dela tocou. Ela me olhou sem jeito, mas sinalizei que ficasse à vontade para atender. Ela verificou o número na tela e atendeu. Pelo visto, era a confirmação de uma reserva, de restaurante, hotel ou avião. Algo assim. Ela falou por um tempo, checando sua agenda, até que de repente olhou para mim, desconcertada.

— Desculpe — disse baixinho, cobrindo com a mão o microfone do celular. — Sei que é uma pergunta estranha, mas qual é mesmo o meu nome?

Fiquei surpreso por um instante, então disse a ela seu nome completo, sem deixar transparecer nada em meu rosto. Ela balançou a cabeça e informou o nome à pessoa no telefone. Em seguida desligou e se desculpou:

— Sinto muito por isso. Não sei o que houve, de repente não consegui lembrar meu próprio nome. Que vergonha...

— Esse tipo de coisa acontece de vez em quando? — perguntei.

Ela pareceu hesitar, mas por fim assentiu.

— Sim, ultimamente tem me acontecido bastante de esquecer meu próprio nome. É como se eu tivesse um apagão.

— E acontece de você esquecer outras coisas? Seu aniversário, número de telefone, senhas, coisas assim?

Ela fez que não com a cabeça, convicta.

— Não, nunca esqueço essas coisas. Sempre tive boa memória, sei de cor o aniversário de todos os meus amigos. Também nunca acontece de o nome de outra pessoa desaparecer da minha memória. É só o meu próprio nome. Tem vezes que não consigo lembrar. É muito estranho. Depois de uns dois ou três minutos a memória volta, mas esse momento do apagão é muito inconveniente. E agoniante. Como se eu tivesse deixado de ser eu mesma.

Concordei em silêncio.

— Será que é um sinal de demência pré-senil ou algo assim?

Eu suspirei.

— Bem, não entendo muito de medicina, mas quando foi que isso começou a acontecer? Isso de esquecer de repente seu próprio nome.

Ela franziu o cenho e refletiu por um tempo.

— Acho que há uns seis meses. Lembro de ter me esquecido do meu próprio nome durante um *hanami*, na primavera. Isso nunca tinha acontecido antes.

— É uma pergunta estranha, mas você perdeu alguma coisa nessa época? Um documento de identificação, como uma carteira de motorista, passaporte, cartão do plano de saúde, algo do tipo?

Ela pensou por um momento, mordendo o pequeno lábio.

— Sim, agora que você mencionou, nessa mesma época perdi minha habilitação. Estava descansando em um parque na hora do almoço, com a bolsa bem do meu lado. Peguei um espelhinho para retocar o batom e, no instante seguinte, quando olhei para o lado, a bolsa tinha desaparecido. Não entendi como isso aconteceu. Só tirei os olhos dela por um segundo e não percebi ninguém se aproximando, não ouvi o som de passos... Era um parque tranquilo, eu certamente teria percebido se alguém chegasse perto.

Em silêncio, esperei que ela prosseguisse.

— E essa não foi a única coisa estranha. Nessa mesma tarde recebi um telefonema da polícia, dizendo que tinham encontrado minha bolsa. Parece que ela havia sido deixada em frente a uma cabine de polícia perto do parque. Estava quase tudo lá dentro, intocado. Dinheiro, cartões de crédito e débito, celular, tudo do jeito como eu havia deixado. A única coisa que desapareceu foi minha carteira de motorista. O policial também ficou pasmo, disse que nunca tinha visto uma coisa daquelas. Não roubarem dinheiro nenhum, só a habilitação, e ainda deixarem a bolsa em frente à cabine.

Suspirei discretamente, mas continuei calado.

— Foi no final de março. Na mesma hora fui ao Departamento de Trânsito em Samezu e fiz uma habilitação nova. Foi um incidente bem bizarro, mas por sorte não causou nenhum transtorno maior. E nem me deu tanto trabalho, porque Samezu não é muito longe do escritório.

— Samezu fica em Shinagawa, não é?

— Sim, em Higashioi. Eu trabalho em Takanawa, de táxi é pertinho — disse ela. Depois me olhou de repente, intrigada. — Você acha que existe alguma conexão entre o fato de eu não conseguir me lembrar do meu próprio nome e o roubo da minha carteira de motorista?

Me apressei em sacudir a cabeça. Naquele momento, não podia contar a ela sobre o macaco de Shinagawa. Se fizesse isso, ela com certeza ia querer saber onde ele estava. Talvez resolvesse ir até a hospedaria, a fim de encontrá-lo e questioná-lo.

— Não, acho que não existe nenhuma conexão. Foi só uma coisa que me ocorreu de repente, porque envolve o seu nome — falei.

Ela continuou me olhando, ainda não convencida. Mas, mesmo ciente do perigo, havia mais uma pergunta importante que eu precisava fazer.

— Escuta, por acaso você viu algum macaco nos últimos tempos?

— Macaco? — disse ela. — O animal?

— É. Um macaco de verdade, de carne e osso.

Ela sacudiu a cabeça.

— Não, acho que faz muitos anos que não vejo um macaco. Nem no zoológico nem em lugar nenhum.

Será que o macaco de Shinagawa havia voltado à ativa? Será que outro macaco cometera o crime copiando seu estilo? Ou teria sido alguma outra coisa, não um macaco?

Eu não queria acreditar que o macaco de Shinagawa voltara a roubar nomes. Ele havia me dito, no seu jeito discreto de falar, que estava satisfeito cuidando dos nomes das sete mulheres que havia roubado, e que agora pretendia apenas viver a vida que lhe restava, sem alarde, naquela cidadezinha em

Gunma. Acreditei na sinceridade de suas palavras. Mas talvez ele sofresse de um distúrbio mental crônico, incapaz de ser contido pela razão. Talvez a doença, junto com a dopamina, o estivesse forçando: *Vai logo, pega!* Isso poderia tê-lo levado de volta a Shinagawa e aos maus hábitos.

Quem sabe um dia eu possa tentar fazer isso — nas noites de insônia, às vezes me pego remoendo essa ideia absurda. Pegar um documento de identificação de uma mulher por quem esteja apaixonado e, com "concentração total", levar seu nome para dentro de mim, tornando meu, secretamente, um pedaço dela. Como será essa sensação? Não, isso nunca aconteceria. Sou desajeitado demais, jamais conseguiria roubar algo sem ser notado. Mesmo que esse *algo* não tenha forma física e que o roubo não infrinja lei alguma.

Um amor extremo e uma solidão extrema — desde então, sempre que ouço uma sinfonia de Bruckner me pego pensando na vida do macaco de Shinagawa. Imagino sua figura dormindo enrolada em um cobertor fino no sótão de uma pousada decadente em uma pequena cidade de águas termais. Penso nos salgadinhos e na lula desidratada que compartilhei com ele, recostado na parede, bebendo cerveja.

Não voltei a me encontrar com a bela editora da revista de turismo depois daquele dia, então não sei que destino levou seu nome. Espero que ela não sofra grandes inconvenientes. Afinal, ela não tem nenhuma culpa ou responsabilidade. Mas, mesmo me sentindo mal por isso, sou incapaz de contar a ela sobre o macaco de Shinagawa.

Primeira pessoa do singular

Eu raramente uso terno, acho que no máximo umas duas ou três vezes por ano. Se nunca me visto assim, é porque situações em que preciso desse tipo de roupa são muito raras. Em alguns casos uso um paletó casual, mas não chego a botar gravata. Também nunca calço sapatos sociais. Foi esse o tipo de vida que escolhi para mim, ainda que de forma um tanto acidental.

Mas de vez em quando, mesmo sem necessidade, decido espontaneamente vestir terno e gravata. Por quê? É que quando abro o armário para examinar as roupas que tenho (se não fizer isso, acabo me esquecendo delas) e vejo ternos quase sem uso, camisas sociais ainda dentro dos plásticos da lavanderia ou gravatas jamais atadas, me sinto meio culpado por essas peças, então resolvo vesti-las um pouco. Experimento até dar um nó com covinha na gravata. Mas só faço isso quando estou sozinho em casa, pois, se tiver mais alguém, preciso explicar meus motivos.

Aí, depois de vestido desse jeito, penso que seria bobagem tirar tudo tão cedo, e sinto vontade de sair um pouco. Acabo indo dar uma volta sozinho pelo bairro, de terno e gravata. Não é de todo mau. Tenho a impressão de que meu semblante e meu modo de caminhar também mudam um pouco. É uma sensação diferente, distante do meu cotidiano. Mas depois de caminhar pelas ruas por uma hora ou algo assim, a novidade vai desaparecendo. A roupa formal começa a me incomodar, apertar meu pescoço, tenho dificuldade de respirar. As solas dos sapatos de couro fazem barulho demais sobre a calçada. Então volto para casa, arranco os sapatos, desfaço o nó da gravata, troco o terno por um moletom e uma calça de malha bem surrados e deito no sofá, me sentindo em paz. É um ritual secreto, que dura pouco mais de uma hora e não faz mal a ninguém — eu, pelo menos, não vejo motivo para me sentir culpado.

Nesse dia eu estava sozinho em casa. Minha esposa tinha ido a um restaurante de comida chinesa. Eu nunca como comida chinesa (alguma coisa nos temperos e pimentas que eles usam me causa alergia), então quando ela fica com vontade convida alguma amiga e sai com ela para comer.

Preparei um jantar simples e me sentei na minha poltrona de leitura para ouvir um velho disco de Joni Mitchell, coisa que não fazia há algum tempo, e ler um livro de mistério. Um disco que eu adorava e o novo romance de um dos meus autores favoritos. Mas, por algum motivo, não conseguia relaxar e me concentrar nem na música nem no livro. Pensei em assistir a algum filme que tinha gravado, mas nenhum me animou. Tem dias que são assim. Você está com tempo livre, quer fazer algo de que gosta, mas não consegue decidir o quê. Certamente havia muitas boas opções... Então, enquanto vagava à toa pelos cômodos, me ocorreu que seria uma boa ideia vestir um terno.

Estendi sobre a cama um terno azul-escuro Paul Smith comprado vários anos antes (por conta de alguma ocasião, mas desde então só o usara duas vezes) e escolhi uma gravata e uma camisa que combinassem com ele. A camisa era cinza--claro, de colarinho francês, e a gravata uma Ermenegildo Zegna com estampa Paisley miúda, adquirida no duty-free do aeroporto de Roma. Vesti o terno, dei o nó na gravata e me olhei no espelho de corpo inteiro. Não estava mal. Pelo menos, nenhum problema me saltou aos olhos.

Porém, naquele dia, o que senti parado diante do espelho foi certo desconforto misturado com remorso. *Remorso?* Como posso explicar... Talvez fosse do tipo da culpa que as pessoas devem sentir quando exageram seus currículos. Mesmo que não estejam fazendo nada fora da lei, é uma deturpação da verdade, que impõe questões éticas. O desconforto que você sente ao fazer coisas que sabe que não deveria fazer, que não vão dar em nada que preste, mas que mesmo assim você não consegue evitar. Não passa de uma suposição minha, mas quem sabe é assim que se sentem os homens que se vestem secretamente de mulher.

Mas era esquisito me sentir assim. Eu era maior de idade havia muito tempo, declarava meus impostos corretamente todos os anos, pagava minhas dívidas sem atraso e até o momento não tinha nenhum histórico criminal além de infrações de trânsito. Até minha formação acadêmica era razoável, ainda que longe de perfeita. Eu até sabia quem havia nascido antes, Bartók ou Stravinski (não deve ser o tipo de coisa que muita gente sabe). Todas as roupas que eu vestia haviam sido adquiridas legalmente — ou, pelo menos, não de forma ilegal — com os frutos da minha labuta diária. Não havia motivo para me criticarem. O que poderia, então, estar me causando aquele mal-estar, aquele desconforto ético?

Tentei me tranquilizar pensando que todo mundo deve ter dias assim. Django Reinhardt certamente passou por noites em que não acertava os acordes, e imagino que Niki Lauda deve ter errado a troca de marcha em algumas tardes. Então decidi não pensar mais a fundo sobre isso. E, ainda de terno, calcei um par de sapatos de cordovão e saí sozinho pela cidade.

Teria sido melhor ouvir minha intuição e ficar quietinho em casa, vendo um filme ou o que quer que fosse, mas claro que só descobri isso mais tarde.

Era um começo de noite agradável de primavera. A lua cheia brilhava no céu. Os brotos começavam a surgir nas árvores ao longo da calçada. O clima ideal para um passeio. Caminhei sem rumo por algum tempo, depois decidi entrar num bar e tomar um coquetel. Em vez de ir a um dos bares perto de casa que eu costumava frequentar, andei até um pouco mais longe e entrei num lugar ao qual nunca tinha ido antes. Porque, se eu fosse a um dos bares conhecidos, o bartender certamente faria algum comentário, "Nossa, nunca te vi assim de terno e gravata, o que houve?", e eu estava com preguiça de dar explicações (afinal, não havia explicação alguma).

A noite ainda estava começando, e o bar, no subsolo de um prédio, estava vazio. Só havia um par de homens na casa dos quarenta anos sentados em uma das cabines. Pareciam ser funcionários de escritório a caminho de casa depois do expediente, com ternos escuros e gravatas discretas. Conversavam em voz baixa, as cabeças próximas. Havia vários papéis e documentos sobre a mesa. Deviam estar discutindo alguma coisa relacionada ao trabalho. Ou quem sabe apenas tentavam prever quem ganharia nas corridas de cavalo. O que quer que fosse, não me dizia respeito. Escolhi um lugar distante deles no balcão, o mais iluminado possível (para poder ler), e pedi um vodka gimlet ao bartender de meia-idade e gravata-borboleta.

Quando ele serviu o drinque gelado sobre um porta-copos de papel, tirei do bolso o livro de mistério e retomei a leitura. Faltava mais ou menos um terço até o desfecho. Como já mencionei, era o último lançamento de um dos meus autores favoritos, mas infelizmente dessa vez a narrativa não havia atiçado meu interesse. Para piorar, no meio do caminho comecei a me perder na relação entre os personagens. Mesmo assim continuei lendo, meio por obrigação, meio por hábito. Nunca gostei de largar um livro pela metade. Quem sabe no final haveria alguma reviravolta interessante — embora as chances fossem baixíssimas.

Consegui avançar umas vinte páginas enquanto bebia devagar meu drinque, mas, não sei por quê, assim como em casa, não conseguia me concentrar na leitura. Não parecia ser só uma questão de achar o livro sem graça. Também não era a atmosfera do bar que me impedia de relaxar (não havia nenhuma música desagradável, a iluminação era boa, eu não tinha nenhuma crítica ao ambiente como local de leitura). Pelo visto, era só por causa do mesmo vago desconforto que eu sentia desde antes. A sensação de que havia algum *desencontro*. Como se o meu conteúdo não encaixasse bem com o recipiente de que eu dispunha, ou como se a integridade de todo o conjunto estivesse danificada. De vez em quando isso acontece.

A parede do outro lado do balcão era coberta de prateleiras com diversas bebidas, e por trás delas havia um espelho no qual eu me via refletido. Encarei diretamente o reflexo, e, como não poderia deixar de ser, ele me encarou de volta. Nesse instante, fui tomado pela sensação de que talvez tivesse virado alguma curva errada na vida. Enquanto olhava para mim mesmo de terno e gravata, ela foi ficando cada vez mais intensa. Quanto mais eu olhava, mais me parecia que aquele homem no espelho não era eu, mas algum desconhecido. Mas quem poderia ser aquela pessoa que o espelho refletia se não eu mesmo?

Àquela altura da minha vida, como deve acontecer com a maioria das pessoas, eu já me deparara com algumas bifurcações importantes. Momentos em que podia seguir para um de dois lados, direita ou esquerda. E em todas essas ocasióes escolhi um deles. (Em alguns casos houve um motivo claro para essa escolha, mas na maior parte das vezes não houve motivo algum. Além disso, muitas vezes não fui eu que fiz a escolha, foi ela que me escolheu.) E assim cheguei até aqui, existindo desta forma, na primeira pessoa do singular. Bastaria ter escolhido outra direção uma só vez e eu provavelmente não existiria da mesma maneira. *Mas quem poderia ser aquele homem refletido no espelho?*

Fechei o livro e desviei o olhar do espelho. Respirei fundo algumas vezes.

Percebi que o bar estava começando a encher. Havia uma mulher sentada à minha direita, a dois bancos de mim, tomando um drinque verde-claro que eu não conhecia. Não parecia estar acompanhada. Talvez esperasse alguém. Fingindo que lia, examinei discretamente sua imagem pelo espelho. Ela não era jovem. Devia estar na casa dos cinquenta anos. E, pelo que eu podia ver, não se esforçava para parecer mais jovem. Talvez tivesse uma boa dose de autoconfiança. Era miúda e esbelta, e tinha o cabelo curto na medida certa. Estava vestida com elegância, um cardigá bege de caxemira sobre um vestido listrado de tecido macio. Suas feições não eram particularmente belas, mas formavam um conjunto agradável. Quando jovem, sem dúvida devia atrair olhares. Muitos homens deviam puxar conversa com ela. Sua postura descontraída revelava essa memória.

Chamei o bartender, pedi o segundo vodka gimlet, comi algumas das castanhas-de-caju que acompanhavam os drinques e retomei a leitura. De vez em quando tocava o nó da gravata, como se para me certificar de que continuava firme.

Depois de uns quinze minutos, a mulher estava no banco ao meu lado. Os assentos no balcão foram enchendo e ela fora passando de um banco para o outro, empurrada pelos recém-chegados. Pelo visto, estava mesmo sozinha. Sob a luz baixa do bar, eu tinha conseguido avançar quase até o final do livro, embora a história continuasse sem dar nenhuma mostra de que se tornaria interessante.

— Desculpe incomodá-lo — disse ela, de repente.

Ergui o rosto e a encarei.

— Sei que está muito concentrado na leitura, mas será que eu poderia fazer uma pergunta?

Ela tinha uma voz grave e forte para uma mulher tão delicada. Seu tom não chegava a ser frio, mas certamente não soava simpática ou convidativa.

— Claro. Não está sendo uma leitura muito interessante — respondi, marcando a página do livro e o fechando.

— É divertido fazer isso? — perguntou ela.

Não entendi bem o que ela queria dizer. Virei o corpo para mirá-la de frente. Seu rosto não me trouxe nenhuma lembrança. Não tenho uma memória particularmente boa para rostos, mas estava bastante seguro de que nunca a vira antes. Se a tivesse encontrado alguma vez, sem dúvida guardaria a memória. Ela era esse tipo de mulher.

— *Isso?* — repeti.

— É, ficar sentado num balcão de bar assim todo arrumado, lendo de cara fechada enquanto bebe um gimlet.

Continuei sem entender do que ela estava falando, mas percebi que suas palavras carregavam alguma má intenção, ou no mínimo um desejo de confronto. Fitei seu rosto e esperei calado que continuasse. Ela parecia tão inexpressiva que chegava a ser estranho. Como se fizesse um grande esforço para ocultar de quem a olhava — isto é, de mim — seus sentimentos. Ela também permaneceu calada, por um longo tempo. Ou talvez tenha sido só um minuto.

— É um vodka gimlet — falei, para quebrar o silêncio.

— Quê?

— Não é um gimlet, é um vodka gimlet. — Podia ser uma observação inútil, mas há uma clara diferença entre uma coisa e outra.

Ela balançou a cabeça num movimento curto e breve. Como se quisesse afastar um pequeno inseto de perto dos olhos.

— Tanto faz. Mas você acha isso bonito? Cosmopolita, estiloso?

Talvez eu devesse ter pagado logo a conta e saído de lá o mais rápido possível. Sabia que era a melhor abordagem para uma situação como aquela. Qualquer que fosse o motivo, aquela mulher queria comprar uma briga. Devia estar tentando me provocar. Não sei por que faria uma coisa dessas — talvez simplesmente tivesse acordado com o pé esquerdo, ou algo em mim a afetara negativamente, a deixara irritada. Fosse como fosse, as chances de qualquer resultado positivo surgir de uma interação com alguém como ela eram próximas de zero. Sem dúvida, o melhor plano teria sido pedir licença, sorrir (essa parte era opcional), me levantar para pagar a conta e me afastar dali depressa. Não havia razão para não fazer isso. Eu não me importava em sair derrotado, nem gostava de embates sem justificativa. Pelo contrário, esse era o meu forte: bater em retirada, calado.

Mas, não sei por quê, naquela hora não fiz isso. *Alguma coisa* me impediu. Talvez fosse o que as pessoas chamam de curiosidade.

— Peço desculpas, mas já fomos apresentados? — tomei coragem e perguntei.

Ela franziu o cenho e me fitou como quem encara algo esquisito. As rugas nos cantos de seus olhos ficaram um pouco mais fundas.

— Se já fomos apresentados? — ela pegou seu copo (se não me engano, era o terceiro), tomou devagar um gole da bebida que eu não sabia qual era e continuou. — *Apresentados?* Que jeito de falar é esse?

Busquei mais uma vez na memória. Será que a conhecia de algum lugar? A resposta continuava sendo não. Por mais que eu pensasse, tinha certeza de que era a primeira vez que via aquela mulher.

— Será que você não está me confundindo com outra pessoa? — perguntei. Mas a voz que ouvi era seca e inexpressiva, não parecia minha.

Ela deu uma risadinha fria.

— Você queria que eu estivesse?

Ela apoiou o Baccarat no porta-copos à sua frente.

— Muito bonito esse seu terno — disse ela. — Só que não combina com você. Parece que pegou emprestado de alguém. E essa gravata não fica bem com ele, tem algo estranho. A gravata é italiana e o terno é inglês, acertei?

— Você entende muito de moda.

— Entendo muito de moda? — repetiu ela, um pouco surpresa, e me encarou duramente mais uma vez, os lábios um pouco entreabertos. — Que comentário é esse, a essa altura? É óbvio que entendo.

Óbvio?

Repassei mentalmente todos os meus conhecidos que trabalhavam no mundo da moda. Eu conhecia muito pouca gente dessa área, e eram todos homens. Por mais que eu pensasse, aquilo não fazia sentido.

Por que era *óbvio*?

Considerei explicar por que estava usando terno e gravata naquela noite, mas pensei melhor e desisti. Não me pareceu que isso diminuiria sua ofensiva contra mim. Provavelmente só jogaria mais combustível nas chamas do seu ódio (ou do que quer que fosse).

Terminei o que restava do meu vodka gimlet e me levantei, em silêncio. Sem dúvida, aquele era o momento de encerrar a conversa.

— Não, acho que não *fomos apresentados* — disse ela.

Assenti com a cabeça, sem palavras. Ela tinha razão.

— Não diretamente, pelo menos — disse ela. — Mas já estivemos juntos uma vez. Não travamos nenhuma conversa mais pessoal, então talvez você considere que não *fomos apresentados*. Além do mais, você estava muito ocupado com outras coisas, como de hábito.

Como de hábito?

— Sou amiga de uma amiga sua — continuou ela, sem erguer a voz mas falando com dureza. — Essa sua amiga próxima, quero dizer, que *já foi muito próxima*. Hoje nutre um desafeto imenso por você, e eu sinto o mesmo. Com certeza você sabe de quem estou falando. Pense direitinho. Pense no que aconteceu há três anos, num lugar perto da água. Nas coisas terríveis, horrorosas, que você fez lá. Você devia ter vergonha.

Eu já estava farto daquilo. Num reflexo, peguei o livro que quase terminara de ler e o enfiei no bolso do paletó. Mesmo sem ter qualquer intenção de ler as páginas restantes.

Paguei a conta rapidamente, em dinheiro, e saí do bar. Ela não disse mais nada, apenas manteve os olhos cravados em mim até eu sair. Não me virei nenhuma vez, mas continuei sentindo seu olhar intenso nas costas do meu paletó até passar pela porta. Essa sensação, semelhante à de ser perfurado por agulhas longas e afiadas, penetrou o tecido refinado do meu terno Paul Smith e deixou marcas profundas na minha pele.

Enquanto subia a escada estreita até a rua, tentei organizar um pouco os pensamentos.

Será que eu devia ter discutido com ela? Exigido uma explicação mais concreta, perguntado de que raios ela estava falando? Pois, por mais que eu pensasse, a acusação que ela havia me feito era injusta. Afinal, eu não tinha ideia do que ela estava falando.

Mas, por algum motivo, não consegui rebater. Por que não? Acho que fiquei com medo. Temi que ela esclarecesse os detalhes da ação horrorosa cometida contra uma mulher por aquele eu que não era eu — provavelmente alguém que eu não conhecia — três anos antes, "em algum lugar no litoral". Temi também a possibilidade de que ela alcançasse algo dentro de mim, algo que nem eu mesmo conhecia, e o expusesse à luz. Em vez de correr esse risco, decidi me levantar e ir embora, me sujeitando à sua crítica severa e (a meu ver) infundada.

Será que tinha feito a coisa certa? Se algo assim voltasse a me acontecer, será que agiria da mesma maneira? E, além disso, que "litoral" era esse? Seria um mar, um lago, um rio? Ou outro corpo d'água mais específico? Será que eu tinha visitado algum lugar próximo da água três anos antes? Eu não conseguia lembrar. Não conseguia nem precisar que período, exatamente, eram três anos antes. Tudo que ela havia me dito era ao mesmo tempo concreto e simbólico. Cada uma das partes era clara, mas ao mesmo tempo faltava foco. Essa discrepância inquietava meus nervos.

Seja como for, toda a interação deixou um gosto ruim na minha boca. Eu tentava engolir e não conseguia, tentava cuspir e me via incapaz disso. Pensei que preferia estar apenas bravo. Afinal, nada justificava que me visse em meio a uma situação tão absurda e desagradável. Não dava para dizer que aquela mulher se portara de forma justa comigo. Até que ela viesse puxar conversa, eu estava tendo uma noite de primavera agradável e tranquila. Mas o mais estranho era que eu não conseguia sentir raiva. Ao menos por um momento, a onda de confusão e perplexidade que havia me tomado varrera para longe qualquer senso de lógica.

Quando terminei de subir as escadas e saí para a rua, já não era mais primavera. A lua havia desaparecido do céu. Aquela não era mais a rua conhecida de sempre. Eu nunca tinha visto aquelas árvores. Em todos os troncos, como ornamentos vivos, cobras gordas e viscosas enroscavam-se e serpenteavam. Eu podia ouvir o roçar das escamas. O chão estava coberto por uma camada branca de cinzas até a altura dos tornozelos. Homens e mulheres sem rosto caminhavam pela rua, exalando do fundo da garganta um vapor amarelo e sulfuroso. Fazia um frio de rachar. Ergui a lapela do paletó.

— Você devia ter vergonha — disse a mulher.

1ª EDIÇÃO [2023] 1 reimpressão

ESTA OBRA FOI COMPOSTA PELA ABREU'S SYSTEM EM ADOBE GARAMOND
E IMPRESSA EM OFSETE PELA GRÁFICA SANTA MARTA SOBRE PAPEL PÓLEN BOLD
DA SUZANO S.A. PARA A EDITORA SCHWARCZ EM JANEIRO DE 2024

A marca FSC® é a garantia de que a madeira utilizada na fabricação do papel deste livro provém de florestas que foram gerenciadas de maneira ambientalmente correta, socialmente justa e economicamente viável, além de outras fontes de origem controlada.